講談社文庫

道化師の蝶

円城 塔

講談社

目次

道化師の蝶

道化師の蝶

何よりもまず、名前があ行ではじまる人々に。

それから、か行で、さ行で以下同文。

そしてまた、名前が母音ではじまる人々に。

それからbで、cで以下同文。

諸々の規則によって仮に生じる、様々な区分へ順々に。

網の交点が一体誰を指し示すのか、わたしに指定する術はもうないのだが、こうする以外にどんな方法があるというのだろうか。

I

旅の間にしか読めない本があるとよい。

旅の間にも読める本ではつまらない。なにごとにも適した時と場所があるはずであり、どこでも通用するものなどは結局中途半端な紛い物であるにすぎない。

そいつは屹度《きっと》、『逆立ちする二分間に読み切る本』のような形をしており、これは正に逆立ちして読む用に作られている。逆立ちしている間でなければきちんと意味は摑めない。平時に開いて字を追うことはできるのだが、実際に逆立ちして終えた場合の読後感とは比べものにもなりはしない。頭にのぼる血流を巧みに利用したお話なのだ。これを応用することにより、『怒りの只中で開かれる啓示』などが容易に作れる。

それは東京－シアトル間を結ぶ飛行中の出来事で、わたしの膝にはキオスクで買った『腕が三本ある人への打ち明け話』が載っている。ぱらぱらとめくるくらいはしてみたものの、例によって内容が頭に入ってこない。飛行の速度のせいなのか、文字が紙面にわずかに遅れ、慌てて追いついてくる気配がある。そちらの動きに気をとられ、一体何が書かれているのか印刷ばかりが目についてきて、注意はどうしても散漫となる。

そうしたことになる以上、無駄な抵抗はやめてしまって、文字の動きを利用した本について考えはじめる。旅に出るたびいつもこんな羽目に陥る。鞄の中に二、三冊の本を詰めるが、旅先で目につく本を買い足したりもするのだが、不思議と読み進められたためしがない。

商才とは、こうしたとりとめもない感覚を言葉ではなく金に置き換える才覚なのだろう。

A・A・エイブラムス氏が巨万とまではいかなくとも、それなりの資産を築きえたのは、こんなわたしの思いつきを真面目に取り上げたのがきっかけである。

それは東京－シアトル間の飛行中に起こる出来事だ。

エイブラムス氏は、年中旅客機で飛び回っている男であって、どこへという目的地はない。ただ飛んでいるのを事業としており、できうる限り飛行機に乗り、やむをえぬ場合に限って空港近くのホテルに宿泊している。フライトアテンダントとか機長とかいう人ではなくて、特にあてなき乗客である。

肥満した体をエコノミークラスの座席に無理やり押し込み、脂肪がゆっくり馴染むのを待つ。高空《たかぞら》へ至り、飛行と脂肪の配置が安定し、ワインの瓶を赤白一本ずつ頼んだあたりで、胸の内ポケットからおもむろに一つ道具を取り出す。

それは銀色の糸で編まれた小さな袋で、脂の染みて黒光りするボールペンほどの軸に巻きついている。極太ソーセージじみた指を器用に動かし、小さな袋を棒からほどくと、人形の髪を整えるようなみだりがましい手つきでもって、袋の口をやさしく開いた。

毛だらけの指の間に手品のように小さな捕虫網が現れる。ブロブディンナグ在住の巨人のように、慎重に人指し指に中指を添え、親指と軽く挟んで水平に持つ。

鼻歌を指揮するように、軽やかに振る。

隣席のわたしを探るように横目を流し、膝の上の本を一瞥《いちべつ》して眉をひそめる。わたしが傾聴するのは当然とばかり、なまりの強い米語でもって、やや途方もないことを語り出すのだ。

「わたしの仕事というのはですな、こうして着想を捕まえて歩くことなのです。色んな場所で試してみたが、結局、大型旅客機の飛行中が一番良いということがわかりましてね。旅の間というものは様々な着想が浮かび続けて体を離れ、そこいらじゅうに浮遊していく。使いようもないガラクタが多いのですが、それでも会議室に雁首揃えて、元からありもしない知恵を絞るよりよっぽど宜しい。物事を支えているのはつまるところ着想で、事業というのは常に着想を注ぎ込まなければ維持のできない生き物でしてな。こうして餌を捕まえて歩くわけです」

あっけにとられるわたしへ向けて、これはですなと勿体《もったい》ぶって左手の指先で網を摘んで、

「銀糸でできておるのです。銀線細工《フィリグリー》の技法で作られていて、目には見えない微細な呪文が無数に織り込まれている。アフガニスタンの職人に特別誂《あつら》えさせたものでしてね。着想というのは金気を嫌うが、生き物から採られた素材では捕えられない。銀糸

が適切なのだとわかるまでには随分金と時間を使いましたな。魔物は銀を避けましょう。つまり悪い着想は自然とこの網を避けるおかげで、余計なものを捕まえずに済んで一石二鳥」

わたしは得々と語るエイブラムス氏の顔と網の間で視線を往復させながら、彼の発言を翻訳するのに必要な時間を稼ぐ。構文の順序を並べ替え、頭の中の小さな辞書が単語の意味を確認するのを大人しく待つ。この肉塊が突然何を語り出したか、おおよそ意味が摑めたあたりで、

「なるほど、わかるような気がしますね」

と微笑んでみせ、同意しておく。

「旅の間は本を読めないものですしね」

エイブラムス氏は、わたしの拙《つたな》い英語をきちんと聞き取れたのかどうなのか、どうも判断しかねたらしく眉を寄せ、気ままに振り続けていた捕虫網の動きを止めた。わたしの顔をしばし見つめて、丸太のような腕を大儀そうに持ち上げてみせ、銀糸の網をそっとわたしの頭に置いた。

「話をきかせてもらいましょうか」

話といっても単に旅行の間は本を読めないという個人的な内面であり、わたしの体のつくりである。気分がどうにもそぞろになって、活字が頭に入らない。頭の中に入らないには何かの理屈があるはずであり、理屈があるなら、それを利用した本をつくれるのではというだけだ。直訳調に展開してみたわたしの論旨をエイブラムス氏は吟味して、

「本」

と短く発して続ける。

「読めないものなのですか」

「読めませんね」

「読めないというのは、あなたが三本腕の人間ではないからではなく」

エイブラムス氏が膝の本へ再び目をやる。そういう事情もあるのでしょうが、と銀色の帽子を載せたまま、わたしも本へ目を落とす。『腕が三本ある人への打ち明け話』ペーパーバック版は、ハードカバー版がベストセラーリスト入りしたという触れ込みで空港に山と積まれていた代物なのだが、正に腕が三本ある人にしか理解できないものらしく、ここでこうして重しをしている。

「本は読まれませんか」

「読みませんね」

尋ねるわたしに、エイブラムス氏は鼻を鳴らして胸を張り、事業家としての大度《たいど》を開陳していく。

「一体、本というものがわたしの役に立ったことなんてないのでありまして、高校を出たらやめてしまいましたな。高校の間も読みませんでしたが。別に役にも立たないものの相手をする時間はわたしにはない。どうしても本を読まねばならない窮地に追い込まれたら、そう、本を読む人間を雇いますな。別にあとからあらすじを聞こうかいうつもりもない。他人のやった要約なんてろくでもないものに決まっております。本の方でも誰に読まれるかなんてことは気にしない。誰かがただ読めばよい。それで本の目的は達せられる」

会話のきっかけを充分に確保したと判断したのか、わたしの頭から網をよけると、エイブラムス氏はあとを続ける。

「しかし需要があるというなら話は別です。あなたは読書家とお見受けしますが、そうですか、読めませんか。そうして旅行中に読めるような本が欲しいとおっしゃる」

わたしは頷き、

「こうして移動をしていると、気持ちがどこかに飛んでしまって、本に集中できなくなるのです。印刷ばかりが目についてきて、時間も場所も脈絡もどんどんとりとめもなくなってしまって、内容がどんどん分裂していき、前に何が書かれていたのか思い出せなくなってしまって、先に何が書いてあるのか霧に包まれてしまうのですよ。通勤に使う電車の中ではなんとか読めても、新幹線やICEではどうも読めない。飛行機となると尚更ですから、これはきっと速度に関係した何かがどこかにあるのでしょう。速度の方に取り残されて、思考が体を離れてしまう。そいつをまあ、着想と呼ぶのも自由なわけで、そいつを捕まえて歩いているのがあなたなのだということになる」

わたしは、再び気ままに振られはじめた網を指さす。

こうして話が通じてみると、エイブラムス氏の目的にとり、大型旅客機というのは確かに良い選択なのだと思えてくる。大勢の人間が高速で移動する箱に閉じ込められて座席に縛りつけられており、てんでに何かを思いついては、形にならない着想たちを放出している。こう真顔で言われてみると、なるほどそういう仕組みな気分もしてくる。

「旅行中に読める本とは、どうして書くことができますか」

脇腹をこちらに押しつけ身を乗り出してくるエイブラムス氏の素朴な問いに、さて、とわたしは首を傾げる。そんなものが実際につくれるならば、とうの昔にできているような気もするのだけれど、見逃されてきただけとも思える。何々用の本というのは、読書家には嫌われるものだろうから。贈答用の本、友人の見舞いに持っていく本、逆立ちする間に読む本、移動中に読むための本、実業家のための本。読まずにいても問題ない本。読まない方がむしろ良い本。何かの用に供するために書かれた本とは、どこか興醒めの気配が漂う。思いつきを口にしておく。

「翻訳かも知れませんね」

「翻訳」

エイブラムス氏は鸚鵡《おうむ》返《がえ》しし、

「どこかの国のベストセラーを自分の国の言葉に直すということですか」

「そうではなくて、何々用に翻訳するということなのではないでしょうかね。移動中に読むためのドストエフスキー。実業家のためのプーシキン」

言いつつ、それは何かが違うと思う。

「やはりそれ用に誂えられた何かでしょうね」

エイブラムス氏は大きな瞳をぐりぐり回し、

「書く環境が大切だということですか。たとえばわたしが作家を雇い、今のわたしのように四六時中飛行機の中に閉じ込めておくとしましょう。その作家が書くものは、移動中に読むに堪えるものとなりましょうかな」

さて、どうなのでしょうとわたしは曖昧に返事をしておく。発想があまりに突拍子もなく、受けとめにくい。

そういうことであるならば、死に瀕した作家は他人を死に誘う歌を書けそうだし、貧しい作家は人を困窮に落とす作品を書き上げられるということになりはしないか。正しいようにも思えるし、まるきり間違っているようにも聞こえる。考えがどうもまとまらないが、着想が逃げ去り続けるせいなのだろうと思う。

「作家がどうして何を書くのかなんていうことは、誰にもわからないのではないでしょうか」

当たり障りのないあたりへ投げる。

「しかし、それは怠惰というものでしょう」

エイブラムス氏は急に脂肪の中で背筋を伸ばして憤り、

「何かを受注した以上、仕様に即した作品を仕上げる義務が作家にはある。契約ですから。飛行機の中で読むことのできる作品を仕上げるという仕事を受けたなら、実際にその作品が飛行機の中で読むのに適しているということが実証されてはじめて、納品完了ということになるわけです。そうですね、この場合、無作為に選んだ乗客たちの三割程度が読み通すことのできる作品を書くというあたりを、契約の条件とするべきだ」

肥満したエイブラムス氏の顔がトマトのように赤くなり、わたしの頭に鴨葱《ポークチヨツプ》の図が浮かんで飛び去る。本を読まない人間とはこんな考え方をするものだろうか。そんな契約を結ぶ作家がいるのかどうかも甚だ怪しい。

「読み通すことができたからといって、楽しんだとは言えないでしょう。読み終えるという条件だけなら、ひどく短いものを書けば済みます。それこそ一文字しか書いていない本だとかね」

そう宥《なだ》める言葉へのエイブラムス氏の応答は、わたしの度胆《どぎも》を見事に抜いた。

「それでどうしていけないのです」

A・A・エイブラムス、一九五二年、ミシガン生まれ。

奇抜な経営方針により多種多様な会社を育て、片っ端から売り払い、小さな帝国を築いている。

初期には、乳児向け離乳食満漢全席によって財を築いた。ふと乗り込んだ飛行機の中、むずかり続ける赤ん坊を眺めるうちに捕えた着想だという。ほんの爪の先ほどの小さなペースト状の塊をひたすらに並べて詰めたこのパックは、乳児が食事を終えるまでに一昼夜はかかるような代物だった。次々と手を替えては差し出される山海の珍味に赤ん坊が目を瞠《みは》るうち、目的地に着いてしまうか、疲れ切って寝てしまうかした。むずかる子供を長期の旅行に連れ回さざるをえないパパママの間でしばらく高い人気を誇った。

離乳食販売業は、彼に常時エコノミークラスの座席を提供することを可能としたが、これをビジネスクラスへ昇格するのを可能としたのは、突如転じた出版業での成功である。

初期の大ヒット作、『飛行機の中で読むに限る』は、豪華客船で旅する富裕層の間に口コミで広がり話題となった。空港での販売実績はぱっとしないものだったが、一人の書評家が鞄の中に入れっぱなしになっていたその本を船旅の間に見出し、爆発的に回し読まれたのだという。それほどの反響を呼ぶならばと一般の書店が売り出しに出、豪華客船御用達のキャッチのもと、飛ぶように売れた。こちらの評判は芳しくないものとなったが、対するエイブラムス氏の抗弁はふるっており、この本の価値は実際に豪華客船に乗っている者でなければわからない、というものだった。そう木で鼻をくられてしまうと、むきになって確かめたくなるのも人情だろう。この奇妙な論法により、本はより話題を引き寄せ、更に購買層を拡大した。実際のところ読み通した者は多くなかったらしいのだが、エイブラムス氏は気にしなかっただろうと思う。

二匹目の泥鰌《どじょう》を狙った『豪華客船で読むに限る』は流石《さすが》にあまりにも安直と映ったために長らく無視され続けたが、性懲《しょうこ》りもなくあとに続いた『通勤電車で読むに限る』、『高校への坂道で読むに限る』の失敗を経て、ほとんどやけっぱちのようなタイトルを持つ『バイクの上で読むに限る』独逸《ドイツ》語版が、太平洋を横断する大型旅客機の中で読むのに適していると判明して、見事ベストセラーリストの仲間入りを果たす。ここに到って『〜で読むに限る』シリーズは、その本の何語版のどの判型版を一体どこで読むのが適当なのかを探すゲームとしての人気を得たのだ。

エイブラムス氏は主にその奇行で知られ、中年以降の生活をほぼ飛行機の中で送った。銀色の捕虫網をトレードマークに採用し、彼の会社の製品にはどれもそのマークがつけられている。業界誌でも、ファーストクラスの座席で胸ポケットから捕虫網をポケットチーフのように覗かせている氏の写真が数度、表紙を飾った。

雑多な事業に手を出し続けたが、元となった着想は全て、飛行中の機内で得られたものだとエイブラムス氏は主張している。

「捕虫網というのは会話のきっかけとしてうまいやり方ですが、どこで思いつかれたのですか」

あるインタビューで尋ねられ、強い調子で返答している。

「あなたはわたしの話を完全に勘違いしている。この網は実際に着想を捕えるのです」

「本当に物体が捕まるのですか」

網に物が絡まるのは当然と言えば当然の事柄である。

「あれは一九七四年、スイスに向かう機内でした。顔を煽いでいた帽子の中に、蝶が一匹飛び込んだのに気づいたのです」

「飛行機の中に蝶がいたのですか」

エイブラムス氏は憤然として、

「あなたはわたしの話を完全に勘違いしている。わたしは着想の話をしている。その蝶は帽子をすり抜けましたよ。この世のものではないという明白な証拠だ。それと同時に、見えているのだから物質なのです。実在しているものなのです」

インタビュアーはおだやかではない気配を察知したのか、この記事ではすみやかに話題を転換している。成功を続ける起業家は自分の運についての途方もない信仰を抱くことが多いわけだが、それはあくまで個人的な体験であり、お堅い業界誌の読者向けの話題とは言い難い。

だから、話がどう続くのかはわたしが記す。残りのフライトの間、エイブラムス氏が声をひそめて語ってくれたお話である。耳を傾ける人間にはいつも話しているらしく、筋の運びが妙に手慣れていたのは愛嬌だ。

その蝶はどうやら機内の他の誰にも、エイブラムス氏にしか見えない生き物だったらしい。あたふたと帽子を振り回し続けるエイブラムス氏は危うく急病人用の空席に連行されかけたのだが、砂糖水を所望することでことなきを得た。帽子に捕われ、すり抜け続ける架空の蝶は、フライトアテンダントが不審気に差し出したコーヒーシュガーの水溶液に、ひらひらと引き寄せられて来たのだそうだ。引出テーブルに載せたカップに帽子を被せ、蝶はどうやら眠りについた。

モントルー・パレス・ホテルまで蝶を運ぶことができたのは幸いだったとエイブラムス氏は言う。たまたまそこに宿泊していた鱗翅目《りんしもく》研究者に、その蝶は無事お披露目された。

「これは架空の蝶ですな」

グラスの縁にとまる蝶に目を止めた鱗翅目研究者は一目でそう断言し、そのつもりのエイブラムス氏にも異存はなかった。

「新種の、そして架空の、新種の蝶です。雌ですな」

興奮を隠そうとするらしく口の中でぶつぶつと言う鱗翅目研究者がつと手を伸ばし、蝶を指で摑むのを見てもエイブラムス氏は驚かなかった。その蝶が鱗翅目研究者に見えた事実と同じく、ひどく当然のことに思えたという。蝶の胴は四色の帯に取り巻かれており、上から青、赤、紫、黒。羽には四角い格子が黒い線で切られており、枠内は白、赤、青、緑、黄、橙、紫色できままに埋められている。

その模様は、羽を閉じている間だけ現れる。あるいは、飛行を見つめる間に瞬く。

「正に道化師《アルルカン》そのものだな」

満足気な鱗翅目研究者は暫し考え込む素振りを見せて、

「アルレキヌス・アルレキヌス」

不思議そうな表情《かお》を浮かべるエイブラムス氏へ、鱗翅目研究者は笑みを向けた。

「学名ですよ」

その蝶の名前をもらったのです。

「A・A・エイブラムス」

エイブラムス氏はそう名乗り、巨大な掌をわたしへ向けて差し出した。

II

さてこそ以上、希代《きたい》の多言語作家、友幸友幸の小説『猫の下で読むに限る』からのほぼ全訳となる。翻訳はわたしが行ったから、原文に存在しているともいわれる文章効果については失われてしまったはずだ。それより以前に字義通りの移し替えについてさえ、正直なところ心許ない。『猫の下で読むに限る』は無活用ラテン語《ラティーノ・シネ・フレクシオーネ》で記されている。相次ぐ転居生活を通して数十の言語を使用した友幸友幸の残した原稿のうち、無活用ラテン語で記されているのはこの作品一つしかない。

無活用ラテン語は、イタリアの数学者ジュゼッペ・ペアノが提唱した人工言語で、実体は活用を省いた古典ラテン語といって良い。使用者は極一部の好事家《こうずか》に限られており、標準的な文章の例も多くないから、翻訳に際しては直感に頼ったところも多くある。使用者のいない人工言語におけるくだけた表現や慣用表現、著者が規則の参照をさぼっていい加減に記した部分の真意などというものは、問い合わせる先がないからだ。原本には、Ａ・Ａ・エイブラムス私設記念館所蔵のファクシミリ版を利用させて頂いた。

友幸友幸という奇妙な名前の由来については異説が多く存在するが、実際にその名前であったという公算が低いことだけが確実である。それでも後の調査によれば、友幸友幸のものと考えられるようになる部屋では、アジア系、おそらくは日中韓国あたりの男性の出入りが目撃される例が多くあり、彼の作品と思われる原稿に記された極東系の名前は、今のところこれ一つしかないのである。よって便宜上、この名前で呼ばれることが多い。

アール・ブリュットに分類されることもある作家であり、生涯のほとんどは知られていない。当人の姿が見当たらないまま、多数の未発表作品が発見されたというあたり、まずまずアール・ブリュット風の作家ではある。しかし、アウトサイダー・アートの担い手としては奇特なことに友幸友幸の原稿の発見場所は世界中、実に三十数ヵ所に及んでいる。

いちいちの場所で、主にその国で用いられる言葉を使い、秘かに文章を書き続けたものらしい。使用言語を切り換えるたびに著者として添える名前も変更しており、作品群がおそらく同一人物の手になるものと判明したのは、A・A・エイブラムスの配下による追跡調査の結果である。

一時期、不動産業に手を出していたA・A・エイブラムスの配下が、家賃未払いの部屋に踏み込んで発見したのは、多くの銀線、銅線、ペンチに半田ごて、鋏に針に糸、毛糸の山、銀粘土に糊に折り紙といった雑多な細工道具の山々と、それに負けじと聳《そび》え立つ原稿の山であったという。

報告を受け、その渾沌《こんとん》の有様に金の匂いをかぎつけたA・A・エイブラムスは、この人物の追跡に潤沢な資金と人員を投入した。友幸友幸との世界を股にかけた追いかけっこは、A・A・エイブラムスの途絶した自伝の最終章「トモユキ・トモユキ遁走曲」に記されている。

転々と居住地を変え移動していく友幸友幸の追跡は最終的に失敗に終わることとなり、その後の足取りも未確定のままなのだが、その途中、どうやらA・A・エイブラムスの追跡に気づいたらしい友幸友幸が原稿の山の天辺にこれみよがしに残したのが、冒頭の『猫の下で読むに限る』ということになる。

今はほとんど使われることもないラテン語、それも数学者が文法に変更を加えたラテン語で書くという行為が友幸友幸の中で何を意味していたのか、多くの推測が行われている。友幸友幸がほとんどの著作を現地の話言葉で書いたこと、作品中にA・A・エイブラムスがあからさまに姿を見せているところから、この特例が意識的な皮肉を含んでいるのだろうとはほぼ意見が一致している。

最も採用されることの多い解釈は、自分を追跡し続けるA・A・エイブラムスを道化師《アルルカン》と名指し、追跡は死んだ言語の支配する地へと至ると宣言しているというものだ。この解釈を採るならば、単にほとんど死んだ言語というので済むが、無活用ラテン語はほとんど使われたことさえない人工言語であるからだ。死語から生まれた更なる死語が、追跡者を死語の国へと誘う呪いを吐くという想像はひどく不気味であると言える。

実際、A・A・エイブラムスが『猫の下で読むに限る』の原稿入手後ほどなくして、機内で命を落としているという事実はこの解釈へ多くの者を引きつけている。すなわち、友幸友幸の残した文書は、A・A・エイブラムスへと特化されて作用して、死へ誘い込むものだったとされる。

浪漫的で魅力的な空想なのだが、これを否定する要素は多くある。

A・A・エイブラムスはその死の先年から子宮癌を患っており、自身でもそれと知っていたこと。

死因は、狭い座席に押し込まれての絶え間ない移動を繰り返したことによるエコノミークラス症候群という、極めて順当なものであったこと。

そうして最後に、これは決定的だと思われるのだが、エイブラムス氏は全く本を読まない人物だったこと。この点において、友幸友幸による記述は偶然なのかどうなのか、一度も顔を合わせたことのないはずのエイブラムス氏の実体に対応している。実業家中の実業家を自任するエイブラムス氏が吹聴したのは、自分は本を読まないという宣言だった。それが人工言語となれば尚更、エイブラムス氏が本書を読んだ公算は低い。

友幸友幸が何を考えてこのお話を記したのかは、誰にもわかりようのない事柄なのだが、わたしとしては、単にその時期の友幸友幸の内面を写したものだと考えたい。呪いなどを持ち出さなくとも、無活用ラテン語の使用を意味づける道は様々ある。多くの言語を移動のたびに覚え直すことに困憊《こんぱい》したか嫌気がさして、一言語で広域の言葉のカバーを目指した国際補助語《インターリンガ》の採用を考えたとするのは自然だし、その場合この言語を用いて書かれた作品が一作に留まるのは、実作を通じ、ただ断念したからだとなる。

こちらは多少突拍子もない想定となるが、その時期彼が顔を合わせていた人々が、無活用ラテン語を日常的に用いていたという可能性も一応はある。

この推測の一変種として登場するのは、この時期の友幸友幸が実際に死語の国に住んでいたという想像だ。原稿はミスタスの古宿の屋根裏から多くのジュカ語原稿と一緒に発見されたから、この見解への賛同者は少ない。今も繁栄を続けるミスタスは別に死の都ではないからだ。

数学者ペアノの提唱した言語ということで、この原稿の数学的側面に注目する向きもあり、わたしも最初はその興味から友幸友幸を追いかけはじめた一人である。もしかしてそこに書かれているのは、小説的な装いをもった数学的な定理であったりするのではという想像は、迂闊《うかつ》なものであるが楽しい。しかし無活用ラテン語は別に、数学的な内容を記述するために設計された言語ではなく、その種の技巧を埋め込むために便利な構造を付与された言葉でもない。既存の言語から、語の変形や構文のルールを切り詰め整理した、小さな言葉というだけである。

既に見てきたように、『猫の下で読むに限る』から数学的な内容を読み取ることはできそうになく、わたしの興味は速やかに彼の人生と作品そのものへ向いた。

既存の友幸友幸選集には、『猫の下で読むに限る』は収録されていない。友幸友幸の残した文章の量は膨大であり、翻訳がなされたのは全体の百分の一にも満たず、選集にはその部分部分が細切れに収録されているだけである。この措置は、友幸友幸の原稿には元々走り書きのメモとしか見えないものが多くあり、前後の脈絡を繋げられない紙片の間に続き番号が振られていることも多くある事実からみて、一つの編集方針として順当である。

玉石の混交することと甚だしいとされる友幸友幸の作品のうち、『猫の下で読むに限る』の完成度がどのあたりに位置するのかは、まだしばらくの間、不明のままに留まるだろう。『猫の下で読むに限る』の発見は、選集の刊行後に起こった出来事であり、だから実際のところ、呪いの本という想像も近年になって現れた、新たな賑やかしの一つにすぎない。これから先も研究が進展するたびごとに新たな発見が行われ、また忘れ去られていくのだろう。友幸友幸の作品群とは、発見されることにより駆動を続ける性質を備えた巨大な装置なのではと考えたくなる。

現在、友幸友幸研究者の間では、作品間の部分部分の比較対照が行われることがほとんどであり、作品自体が新たに訳出されることは稀となってしまっている。こうしてここに一作品をほぼ全訳の形で発表できたことを喜びとしたい。

友幸友幸、生年不明。生地不明。世界各地を転々とし、現在のところ生死不明。そのときどきに滞在したホテルや長屋に大量の文章を残しているが、全貌は今に至るも把握されていない。レター用紙に換算して、ほぼ二十万枚に迫るとも言われる。一望を困難としているのは、言うまでもなく文章の記される言語の種類の多さである。おおよそ三十からの言語が時期ごとに使い分けられているとされるが、これも大まかにみての話である。各種方言までを弁別するなら、使用言語数は百に迫るとする研究もある。

人間が実際問題として運用できる言語の数は、せいぜい二十程度だとされる。多言語話者としても有名なシュリーマンが用いたのがほぼその程度の数だとされ、実際に流暢《りゅうちょう》に話せたのは十五程度だとも言われるが、その中には英語と独逸語、仏蘭西《フランス》語といった、互いに因縁を持つ言語が含まれている。プリニウスの記録するポントスの王、ミトリダテス六世もその支配下にある二十二の地域の言葉を全て話すことができたという。過去の教養人たちが、近接文化圏の言葉を二、三は話せたという事実の極端な例と考えても良い。

友幸友幸の用いた言語は、少なくとも二十の語族にまたがっている。これはつまり、文法構造も語根も文字も異なる言語を利用して著作をなしたことを意味する。

超人的と言うしかない仕業だが、類例を全くなしとはしない。卓越した言語能力で名を馳せたダニエル・タメットが操る言語の数は十五。これだけでは多言語習得者には珍しくない数字だが、彼の特性は新たな言語の習得速度にある。全く知識を持たなかったアイスランド語の習得に、彼は一週間で成功している。

友幸友幸がある種の異能者であることは間違いがない。

話言葉ならばともかく、書き言葉をそこまで自由にできるものなのか。一般に文字を書くのは特殊技能だ。誰もが何かの手段でもって当座の意を通じるまではしてみても、それを固めて並べていくにはまた別種の技能が必要となる。これはどうやら生存に必須の技ではないらしく、ヒト科の標準的な装備からは外されている。

異なる言語を用いて異なる著者名を記し続けた彼の同一性は、筆跡の鑑定によって支持されている。筆跡を真似して文章を書き続ける秘密結社めいた集団を措定する人々もあるにはあるが、近年進行中の指紋の同定作業は、今のところこの難癖《なんくせ》を退けている。あらかじめ指紋をべたべたとつけた紙を用意しておいたというミステリじみたトリックまでを考えるには、残された原稿の量が圧倒的だ。

とはいえ、書き残された文章の一部が単なる引き写しであることも既に実証されている。広告や告知文、当時の流行歌などが文書には多く含まれている。全てを引き写すということはなく、その瞬間に目につき、耳に飛び込んだ部分部分を継《つ》ぎ接《は》ぎしてはただひたすらに書いていくのが、友幸友幸の言語学習法だったようだ。彼の残した文章には、格調も調子も無造作に混ぜ合わされた雑多なざわめきからはじまり、徐々に一つの声へまとまっていく様子が見られる場合がある。はじまりにおいては、ただ音の連なりを聞いたなりに写しただけと見える連なりが正書法の危うい文章へ育ち、徐々に比喩表現を整え、誤字や脱字を減らして文章の体をなしていく様は、奇妙に感情を揺さぶる効果を備えている。

しかし残念ながらその感動も、そんな流儀で書かれた文章が大量に存在するという事実に気づくところまでしか続かない。

一体、ある言語を習得しはじめ、習得し終えるまでを記した文章が「大量に」存在するとはどういうことなのか。一作品を書き終えるごとに、言語を一から習得し直す作業が行われているとでも言うのだろうか。

友幸友幸の文章を、異言語習得の過程を記した資料として用いはじめていた発達言語学者たちは、彼が複数の作品を並行的に書いていったという説を持ち出すことにより、友幸友幸作品群の言語資料としての価値を守ろうとした。つまりは、複数の紙の冒頭に一行目を書き、それぞれにまた一行を加えるという形で言語の学習を進めたとする。

定住と旅の境界線上に暮らした友幸友幸の各地での滞在期間は、残された原稿の量から推定するに、せいぜい一年というところだったから、相互の原稿の作成順序を詳《つまび》らかにするのは難しい。日付の記された原稿も存在するが、そのまま信用することはできそうにない。友幸友幸の文章においては、日記調の文章でさえ、書き手と思しき人物が死んでしまったあとの出来事が連ねられたり、性別や年齢が変わることも多くあるからだ。使用されるペンの種類による同定も、その度ごとにペンを持ち替えていたとする反論の前には無力だ。そもそも友幸友幸のペン持ち替え頻度は非常に高く、甚だしくは単語の途中でさえも行われる。

判定の根拠とできる証拠は少ない。

紙面に残る引っ掻き傷、ひきずったインク、重なる指紋、頁の折り目。それらの気の遠くなるような照合からは、友幸友幸がそんな作品を、それぞれ独立に書いたという蓋然性《がいぜんせい》が高いとされる。

可能性の渦を一息に乗り越えるなら、彼は、言語学習自体を偽装することのできる書き手だったということになる。

同一言語の学習を作為しながら繰り返す。その行為は一見技巧的である。ほとんど嫌味の気配さえある。それでも彼は、その地において、その地の言葉だけを用い続けた。想像される能力からは、多言語を用いて書かれた小説や、独自の言語の開発などが期待されるが、彼の残した文章にそうしたものは見当たらない。渾沌の形をとったはじまりの言葉はあるものの、発音を写しただけのように見えるその連なりは、基本的にはその地のアルファベットをたどたどしく用いて記され、文法的には以前に滞在した地の言葉をひきずっている。

大量の原稿を作成し続ける異常な集中力、使用言語の変更に対する拘《こだわ》りのなさ、まるで以前の言語を忘れ去ることを目的とするような作業ぶりから、脳機能の変異を想像するのは自然だろう。

ここから、彼が用いていたのはわたしたちと同じ言語だったのかという問いが生まれる。まるでそこに器があって、言語を注ぎ込まれているだけという気持ちがしてくる。通常、言葉はそう用いられない。道具によって建築物は出現するが、ここには先に建築物があり、建築物がある以上、道具もあったのだろうというような逆転がある。それとも、あらかじめ全ての言語を知る生き物があり、使用に応じて都度都度、言語の細部を思い出していくような手触りがある。

分量としては少ないが、彼自身が書き残している言語学習についての見解とも読める文章例を若干挙げる。

「わたしはまず、ＡＢＣの歌を書くところからはじめる。どこの言葉であっても、その種の歌は存在している。あるいは数え歌からはじめる。それとも、ドレミの歌からはじめる。最後の例はわたしの心をかき乱す。なんといっても音階は、地域によって数が違うものだからだ。名前のないものは書きようがない。名前があったものがどこへ行ってしまったのかあたりを見回し、ペンは泳ぐ。ほんの束の間の出来事なのだが。しばらくすると今のこの感覚を忘れてしまい、わたしはこの文章の意味がわからなくなる。かつて書いたはずの文章を、その地でしか読み返すことができないように。こうして書き留めた文章が、他の文章の山にまぎれて、みつからなくなってしまうように。時間もまた空間と同じく作用する」

「連語。この連語は、扉のような形をしている。広がりが狭い。連絡がない。何故そちらへ溢れ出るのか、今はまだ気持ちがおびえる。入口はたしかにここにあるのだが、出口があるのか、全く全然わからないから」

「この用語の使い方は間違っていると言われる。そういう言い方はできないのだと。わたしには理由が理解できないが、そうであるならそうなのだろう。対応策は単純だ。二度とその用語は使わない。使わないのはわたしの自由だ。言い換えのできない用語などそう多くない。本当だろうか。世界中のどこかには、あらゆる単語がわたしの気に入らないような言葉があったりしないか。その場合、わたしは何を書けば良いのか。世界中のどこかには、あらゆる構文がわたしの気に入らないような言葉があったりしないだろうか。その国にわたしは入れるだろうか」

「さてこそ以上。さてこそ。まさしくそう思ったとおりに。果たしてやはり。まさしくそう思った通りに以上。果たしてやはり以上。さてこそ、の響きがなければ、わたしはこう書いたりはしなかった。さてこそは何故ここにある。何故こんな機能を持った響きがある。そんな要素が何故存在を許されて、わたしの邪魔をし繋ぎ留め、考えてもいないことを書かせるのか」

以上は彼の日記調の文章からの抜粋であり、彼自身、あるいはそこにいるかも知れない登場人物の台詞として登場している。

友幸友幸に関する人目を引く話題にはこと欠かない。

たとえば、彼が滞在したどの部屋からも発見される、言語を変えては重ね書かれる同一の表題を持つお話の断片だとか。時に流暢に、またはつっかえつっかえ記されていくそのお話の間には、一見、連関が存在しない。

あるいは、友幸友幸の文章に頻出する、川を渡るインディアンがどうこうしたという お話について記しておくべきかも知れない。これは大変記憶しにくい筋書を持つ小話として知られており、記憶についての心理実験などに利用される代物だ。記憶することは難しいので、旅先にあり手持ちの資料がない今は、その概要さえここに記すことができない。友幸友幸の記憶力に関する知見を打ち出す証拠とも見えるが、単にそのお話の記されたメモ書きを友幸友幸が持ち歩いているだけとすることもできる。

友幸友幸に関する事実は、一事が万事このとおりであり、仮説と対抗仮説が入り乱れて確定し難い。一時期、友幸友幸の開発した独自の言語と話題をさらった一つの言葉が、地元の老婆の語るピジン・イングリッシュの一変形であったことが発見されたりしたこともある。国の政策として、故意に全く異なる言語を用いる人々がモザイク状に入植させられた土地で生まれた言葉の一つだ。言葉による団結を防ぐための施策として実行された。友幸友幸の原稿からは、近年に話者が滅びた言語の断片などが発見されることもある。

友幸友幸の残した原稿は、今も発見を待ちわびている。

わたしはせめてもの気持ちを込めて、この節を、さてこそ、の語ではじめてみた。今はその一語から正しい展開を行えたことを願うばかりだ。

III

台所と辞書はどこか似ている。

一日の料理を終えてその日の料理を反芻《はんすう》し、使い残したものを思い出しつつ、買い出しに行き加えなければいけないものが浮かぶあたりが。いつも何かが足りていなくて、手持ちのもので代用することになるのも似ている。正しい組み合わせなんてないことや、適当に手を入れさえすれば、なんとか当座は凌《しの》げるあたりも。

コリアンダー、クミン、カルダモン、ミント、レーズン、パプリカ、トマト、タマネギ、オリーブ、アーモンド、ピスタチオ、羊肉、ヨーグルト、クスクス。今日の台所はそのあたり。コリアンダーを買いすぎたから、冷蔵庫はしばらくあの香草を中心に回ることになる。使いきれない食材が、腐敗という時間制限を定めて明日のメニューの組み立てを左右していく。どのみちとんがり頭のタジン鍋が便利に役立つことになるにせよ。

頭の中をハーブの名前が回転していく。

コリアンダーとシラントロとパクチーとシャンツァイは何故か同じものを指す。

正則アラビア語では、フランス語では、スペイン語では、タシュリヒート語では、タスースィッツ語では、タアリフィート語では、アラビア語・モロッコ方言では、と次々単語が浮かびかけ喉元までは来るのだが、頭へはついに達しない。達しはするが、それは既に別の言葉に置き換えられてしまっている。どんな名前で呼んだとしても、その名の林檎は外国風の響きを備えたこの地の林檎だ。

コリアンダーの細い茎だけを考えるのに、まるで沢山のものを同時に思い浮かべるようで、実際、音の響きによってコリアンダーの緑の濃さも匂いも変わって感じる。言葉を呼び出すことにより、歯に挟んだ香りが浮かび、匂いは空気を呼び起こし、空気があれば土地があり、土地があれば人がいる。人があればざわめき騒ぐ。

フェズの街の旧市街は世界有数の迷宮都市として知られる。青の門で車は止められ、人や馬がごった返す細い路地では、全てがモザイク状に組み合わされて脈絡なしに現れる。鳥籠の並ぶ店先の角を曲がると突然肉屋が現れて、横には共同の水汲み場があり、ふと風向きによりタンネリから広がるアンモニア臭が淀む一角があり、軒先からは装飾品がずらずら下がり、スパイスがジェラートじみてヘラあとの残る鋭い円《えん》錐状《すいじょう》の山をなし、共同窯へとパンを運ぶ子供の細い脚がきびきび踊る。

束の間身を隠すにはもってこいの街、フェズ、ファース、ファス。音はまだわたしの中で定まらない。

路地が路地へと繋がっていき網目をつくり、場所の表記はあてにならない。地図に記されていない道と、地図の表記とは異なる道。迷宮とは呼ばれるものの、住んでしまえばただの道へといつしか変わる。枝分かれしていく洞窟は、入口から見て迷路でも、奥から見れば一本道であるのと同じく。

フェズ・ステッチ、フェズ刺繡は、この古都に伝わる伝統手芸で、布の表と裏に同じ模様が出て来るように刺していく。そこへ課される拘束を、わたしは体に入れに来ている。戸口からのぞく薄暗い部屋に座った女たちが、木枠に嵌《は》めた布の目を細かく拾っていくのを見かける。リバーシブル・ステッチの一種とひっくるめてしまうこともできるが、当然細部は異なっている。布の縦糸横糸そのものを数えて拾うから非常に細かい作業となって、先へとほとんど進まない。下絵の用意もなしに直接に、幾何学的なアラベスクを刺す。

世界中のどこかには、その刺し方をきちんと述べる言葉が屹度あるのだろうが、わたしはあまり興味を持てない。幾何学模様を刺繡するのに、幾何学の知識は別に要らない。体が先に動くのならば、頭を動かす必要はない。会話は指先で行えば足りる。

わたしが馴染みになったのは、細工屋の軒先に籐椅子を出して日がな刺繡をしている、皺に埋もれたお婆さんで、わたしの姿をみかけると、もひとつ横へ椅子を出してくれるようになっている。別に何を話すでもなく、何かへ向けて多くを話しているのだが、ただひたすらに手を動かす。

最初の頃は二人の周りに、多くの人が群らがってきた。刺繡を刺すためだけにやって来た、他には何もできない物好きとして色々世話を焼かれたのだが、危険はないとようやく判断されたのだろう、今は放っておかれている。人懐っこい人々であり、頼みもせぬのに料理の仕方などを教えてくれる。人の集いはすぐに議論に発展し、議論の声が人を呼び寄せ、更に大きな議論を呼ぶ。タジン鍋に入れるハーブの種類と比率、タイミングは一体どうするのが適切なのか。コーヒーに入れるカルダモンの数、砕き方。良質の砂漠の薔薇を手に入れるにはどこへ行くのが良いものなのか。黄色をよりよく発色させるには、染料に何を混ぜ込むべきか。話題は話題を引き込み拡大し続け、そんな議論が一日続いた。

わたしを見慣れてしまった人々は、顔つきもどこか似てきたと笑う。完全に溶け込むとまではいかないが、店先の異国の調度くらいの扱いとなっている。通りすがりの人物が店主に尋ね、店主が頷いているのを見かける。ああ、ありゃあ、お袋に刺繡を習いに来ている人だ。ほう、そりゃまたなんで。それがな。と勝手に台詞をあてておくれく。わたしに声をかけようとする人があれば目配せをして自分のもとへ呼び寄せて、守り人を任じているらしいところが少し可笑しい。

言葉の綴りを習うより網目の結び方を習う方が簡単だ。実際にそこにこうしてあるものだから。

わたしは、はじまりの言葉も知らずにこの地へ至った。

挨拶の言葉も覚束《おぼつか》ないまま、鞄をあけて道具を取り出し、お婆さんへと布地を見せた。黒い布にはホルバイン・ステッチで縫い取られた唐草模様が浮かんでおり、不審気な顔で受け取ったお婆さんは裏を返して、そこにもやはり同じ模様が浮かぶのを見る。刺繍の山を指先でなぞりしばし思案し、傍らの合切袋から刺繍の施された布を取り出し、わたしへ手渡す。わたしは裏と表を確認しながら、フェズ刺繍の目の数を宙に浮かんだ指で刻んで、頭の中で表と裏をひっくり返す。木枠にはまる布と針とを、お婆さんが差し出してくる。わたしは受け取り、二目を刺し、別糸をもらい二目を戻す。四目からなるまっすぐな線を刺してから、ゆっくりとまた繰り返してみせ、お婆さんへと渡す。お婆さんがあとを引き取り、一目を刺して一目を戻り、なるほどと一つ頷くと、にっこり笑う。隣へ来いと、椅子を持ち出し、ぽんぽんと叩く。

お婆さんは淀みなく言葉を紡ぎながらフェズ刺繍を続けていく。裏と表を刺すものなのに、表だけを見つめ続けて、裏を確認する素振りは見せない。針の動きは手慣れて速いが、いかんせん模様が小さいせいで、横で見ていてほとんど進む様子が見えず気が遠くなる。

　昔の女はみんなこればかりでね。外へ行きたい子供があっても、女の子というだけでとにかく刺繡をしなけりゃならない。そりゃまあ、終われば好きにしたって良いのだけれど、これがまた良くしたもので、いつまでやっても終わらないようにできている。あんたももうわかっただろう。ほんのベッドカバーを作るだけでも一年二年とかかったりする。

　屹度、そんな内容を話しているのだ。ほとんどそれは言葉というより、手芸につきものの一種の儀式をなしている。多くの国で、同じ内容が語られ続ける。理解するのに言葉が必要なくなるほどに。わたしはお婆さんの手元を注視しながら、言葉に耳を傾けている。何を言っているかはわかるのに、音の意味はわからない。聞いたなりにそのまま返し、お婆さんの手が止まる。

　おやおや。と皺の間の目が開く。

　おやおや、わたしゃあんたに言葉も教えなけりゃならないのかい。

　おやおや、わたしゃあんたに言葉も教えなけりゃならないのかい。

わたしも真似して二人で笑う。

「あんた一体、どこの人だね」

「よくわからない。パスポートは四つあるけど」

お婆さんの発する音をできる限りで繰り返しつつ、全く違う内容を述べ、鞄からパスポートを取り出して見せる。

「なるほどね、パスポートが四つね」

お婆さんが、まるでそれが自分の仕事であるというように丁寧にパスポートを確認しながら発する言葉を、わたしも同じく繰り返す。

「なるほどね、パスポートが四つね」

お婆さんはまるでこちらの言葉を習得しようとするかのように、わたしの口元を注視しながら、口を大きくゆっくり動かし、発音と文法を訂正する。

「ここにパスポートが四つあります」

「ここにパスポートが四つあります」

わたしはお婆さんの手から一つを取り、首を傾げて静かに言葉を待っている。

「パスポートが三つ」

「パスポートが三つ」

そう繰り返し、もう一つを取り戻す。お婆さんは残りの二つも押しつけるようにまとめて返し、歌いだす。数え歌を。それともアルファベットについての歌を。わたしにはまだ区別がつかない。歌いながら刺繡へ戻る。わたしもその指先を注視しながらひたすら音を繰り返す。少しずつ節の細部を変更しながら歌はわたしに問いかける。

「あんた一体なにしに来たね」

「フェズの刺繡を覚えるためにやって来たの」

同じ音を用いてそう語る。

「フェズの刺繡は時間がかかるよ。つくるのにかかる時間も要るけど、慣れるだけでも数年かかる。子供の頃からはじめるもので、大人になってしまってから手を出すには、ちょっときつい代物なのさ」

「裏と表で同じ模様が浮かぶ刺繡は、世界中に結構種類があるんだよね。最近ちょっと、裏と表で模様の違う刺繡はできないのかって興味が湧いて。ただ変えるだけならできるんだけど、それだけじゃなく。何か微妙な拘束っていうか、枠っていうか、規則みたいなものがありそうで。考えるより体に入れてしまった方が早いから。あとちょっと逃げ出さなきゃならない理由もあって」

通じぬ会話を、同じ音でゆっくり続ける。

わたしは手芸を趣味としていて、趣味というより生活手段だ。いつからそうして暮らしているのか、生まれてずっとのことになるからよくわからない。プロフェッショナルと呼ばれるほどに集中して続けることはできず、あれこれ手を出しては中断している。手を出すためにこうして移動をひたすら続ける。幸いにして手先は器用な方だから、かろうじての生活費と移動費用くらいはどうにかなんとかなっている。移動の費用が稼げなければ、稼げるまで留まるだけだ。

自分の飽きっぽさに関しては、変に何かが見えるせいのような気もする。それが何かは、あまり言葉にしたくない。原理とも法則とも呼ばれてしまいそうなのだが、体感は違う。単調な繰り返しが嫌いなわけでは決してなく、そもそも繰り返しは単調ではない。作業自体は同じでも、瞬間瞬間、周りの空気は異なっている。ホルバイン・ステッチとフェズ刺繡の実体が全く同じものであっても、二つの刺繡は同じで違う。一つの針の目、一つの縫い目は、別々の音のようにわたしに響く。上面を撫でたところで何かをやり遂げた気になってしまって、頭の中で完成品をつくり終わって飽きるのだとは思いたくない。それでも体が勝手に働き、脚はわたしをどこかへ運ぶ。

わたしにとって動くことは衝動ではない。留まり続けることが衝動なのだ。

勿論、そんな素人丸出しの習作では生活の資とするには心許ない。だからわたしが持ち運ぶのは異邦の手芸で、異邦の素材だ。ほんのささやかな貿易商だが、なんとか暮らしは立っている。たとえ素人仕事でも、異邦の技術は枠組みとしての価値を持つ。糸を繰ることもあり、粘土を捏《こ》ねることもある。紡錘《スピンドル》を回し続けて羊毛をひたすら紡ぐひと月もあり、硝子を溶かして転がすひと月がある。作品ではなく作品の作り方を交易している。稀には手芸と関係のない危ない交易品を運ぶこともなくはないが、余程困った場合の副業だ。

基本的に一人で暮らし、去る者は追わず、来る者は避ける。寄ることはある。長続きはしたことがない。昨日一緒にいたのが誰だったのか、わたしの方で忘れてしまうことがよく起こり、呆れて去られる。また来たらおいでよと言ってくれた男や女が誰だったのか、その場を離れて忘れてしまう。

手芸の仕事は主に外で行い、喫茶店や他人の仕事場、移動中の車内で行う。部屋では軽く復習をしてみる程度。夜はほとんど文字を書く。電灯の下、ランプの下、蠟燭《ろうそく》の下、星明りの下、暗闇の中で。わたしの生活を支える仕事には、手芸本の制作も含まれている。土地の出版社に持ち込むこともあり、ガリ版刷りで数十部をつくることもある。その地の技術をその地で出版しても仕方がないから、それにはもっと適した人がいるから、書くのは移動をしてからだ。実際わたしの生活が安定したのは、西欧圏での手芸本の売り上げが安定してからだった。目につくことは少ないが手芸本の市場は巨大だ。実作業と同じく、ただ黙々と延々と、どこまでも終わりなく息長く拡大し続けていく。

言葉を習得していく過程が、手芸の進歩と並行する以上、わたしの語彙《ごい》は手芸用語と料理用語を芯にしている。そこから足りないものが付加されていき、わたしの言葉は織り上げられて煮込まれる。料理の本を目論《もくろ》むほどには味覚が発達していない。

夜には、文字を書いて過ごす。ほとんど音だけの文章を、耳から聞いたなりに記していく。考えるという行為はしないし、できるのだとも思えない。

おやおや。おやおや。文字は訂正されていき、誤字も修正されていく。ここはこういう風には書かない。そう言われることもある。大抵素直に従うが、どうしても受けつけない単語や構文というものもある。それじゃあ駄目だと言われるが、でもココナツミルクは苦手なのだと言ってみる。台所に馴染んだ者は笑みを浮かべて、居間に暮らす者は怪訝《けげん》な顔を向けてくる。

台所に少しずつ買い足していくスパイスが揃ったあたりで、ほんの害のないお話も書く。ほとんどどこかで誰かが話したままに記す。

誰に読ませるつもりもないし、内容もすぐ忘れてしまうし、わたし自身のお話でもない。だから著者の名前の部分は、そのときわたしが手芸を習っている人物の名前を記す。手慰み以上のものではないが、たまには喜んでくれる人もある。不思議とこれは自分が書きそうな内容ではないと文句をつけられたことはない。

長い時で一年ほど、大抵の場合数週間、短ければ数時間で移動を行う。

ふと何か手芸の種を思いつく。思いつきが真に新しいことなど滅多にないと知っているから、様々調べて既にあるなら習いに行くし、以前覚えて忘れてしまった技を思い出すのに、再訪をすることもある。見逃していた技法の細部を、あたりの空気を確認するため、もう一度はじめからやり直すことも多分多い。

多分というのは忘れるからだ。

自分がどこに住んでいたのか、そこで誰に何を習っていたのか、記憶にはない。少なくとも今は思い出せない。これははじめての街だと思い込んでいたはずなのに、通りに妙に既視感がある。またかと思い足にまかせて、窓枠、植木鉢、敷物の下から鍵が現れ、扉は開く。わたしは部屋に踏み込んで、机や床に山をなす、かつてのわたしが書いた文章を読む。読めないことも多いのだが見たままに読む。筆跡には確かに見覚えがあり、調度はわたしの暮らしたどこかの部屋だ。台所で乾燥しているハーブを噛んで現在位置を確認する。街で銀行を見かけると、鞄の中のキャッシュカードをぞろぞろ取り出し、一致をしたら出し入れしておく。カードに書かれた名前は様々だ。

そうしてわたしは思い出す。わたしが忘れてしまうのは、記憶そのものではなくて、記憶の仕舞われる場所の住所だ。

思い出しつつまた同じことを繰り返す。繰り返している記憶はないが、実際に存在している紙の山は圧倒的な現実だ。過去か未来か知らないが、とにかくいつかに書かれたものだ。言葉をまた、最初から書く。その音から。字を覚え、数字を覚え、単語が分かれまとまりとなり、小麦粉が小さなだまとなり、レモン汁が牛乳をほろほろと固め、挽肉がねばり、タマネギがフライパンの上で溶けていく。

布の目を数え、毛糸の目を数え、レース糸の目を数え、頭の中の編み図を、縫い図を、刺し図を布の上に書いていく。

幾何学模様を位相幾何学模様を代数幾何学模様を書いていく。それが何かはわからないまま。模様自体に意味はなく、模様から意味が紡がれていく。糸で、針金で、鉛筆で、ボールペンで、万年筆で、銀筆で、アルファベットを縫い取っていく。裏と表で、同じアルファベットが並ぶように。裏と表で、鏡文字とはならないように。

そうしてそれを文字へと移す。つくりかけの状態を手芸本用に写真へ移す。自分がこうして何をしているのだか、だんだんよくわからなくなる。完成品を仕上げるためではなくて、途中の品をつくるために仕事をしている気分になってきて、実際その通りであったりする。途中で書きやめられた文字。文章。その総体が、わたしのつくり続けているものだから、わたしの仕事は終わらない。終わりようがありはしない。絨《じゅう》毯《たん》にはじまった刺繍が編み物へ繫がり、レースの縁取りがビーズを受け取り、ビーズは花の形を作り、真鍮《しんちゅう》の針金製の蝶を呼ぶ。なりゆきはどこまでも繫がっていく。形を絶えず変え続け、幼虫と蛹《さなぎ》と成虫とつがいと卵が一連に繫がった生き物のような形態をとり、自分の体へ卵を産んで育み育てる。

それは、シアトル－東京間の飛行の間の出来事になる。

そのお話の只中で、わたしは不意に機上にある。通路を挟んだ向こう側に並んで座る二人の女性が、身振り手振りで話をするのを見るともなしに眺めている。機内へは編み針や針を持ち込めないから、わたしの左手にはタティング・シャトルが握られていて、右手に張られたレース糸の吊り橋へと割り込み、戻り、往復している。レース糸を時間の後ろではなく前へとためるタティング・シャトルはわたしのお気に入りの道具の一つだ。

一人の女性が、胸元にのぞく銀色のチーフを取り出す。チーフと見えたものは実は袋で、袋には棒が付属している。一見絹と見えたのは、細い、とても細い銀糸だ。わたしの頭の卵から、銀製の芋虫が生まれ糸を吐き、自分の体を繭で覆う。銀色の繭の中から、虹色をした蝶が機内へ舞い出る。女性は網を棒からほどき、小さな袋の首を起こして口を開く。それは小さな虫採り網だ。フィリグリー。

「幸運を捕まえるための網」

声が聞こえる。

「骨董屋で一目見て惚れ込んで、売り物じゃないって言われたけれど何日も通って手に入れたの。目には見えない細かな呪文が織り込んであるのだって」

そう、その網には文字たちが織り込まれている。でも小さな文字ではない。糸たちのなす脈絡が伸びて捩《ね》じれて互いに絡み、表を見せて裏へと返る文字たちが、本来存在しない脈絡を摑む。そんな呪文だ。わたしは彼女が手にするその虫採り網を見た覚えがないが、その働きは明らかにわかる。

その網が捕まえるのは幸運ではなく、その網が捕まえたものが幸運となる。

移動の間にだけ存在していて、次の移動を促すための種を捕える。動く体に取り残されて零《こぼ》れて消える連想たちを拾い集める。

今はもうすっかり忘れてしまったが、かつてわたしはそんな網を編んだことがあるに違いない。少し違ってあの網は、わたしが将来編むことになる網だと気づく。

その瞬間に明快にわかる。

どこかの過去の人物が、未来のわたしが忘れてしまった部屋のどこかでその網を拾い上げ、骨董屋に持ち込むのだとわかる。彼女は慈善事業の一環として、身分や就労許可の不確かな人々向けに低家賃の不動産業を営んでおり、その管理下にあるどれかの部屋がわたしの部屋になるのだと。定期的な連絡を怠ったわたしの部屋で虫採り網をみつけた彼女の配下は、役得とばかり銀製のそれをポケットに入れる。骨董屋へと売り飛ばし、それとは知らない彼女が目をつける。彼女は網を手に入れて、飛行機の中で残りの人生を過ごすことになる。

ふと隣り合った人物が、移動の中でしか読めない小説の話をはじめ、彼女の網はそれを捕える。以前どこかでそんな話を読んだなと思いながら。

彼女は慈善家で、自分の健康と地球環境を同じに考えられる種類の人物で、こっそりと勤勉な読書家なのだが、何故か気恥ずかしさを感じて秘匿《ひとく》している。

彼女はそのお話を思い出す。

そうして、部屋から保護したわたしの原稿を公開してみようとふと考える。わたしの原稿を読むのに適した時間と場所というのがあるのかもと思い至る。自分の事業がそんな創作の手助けとなったというアピールにもなる。他人の創作物を勝手に公表するのに多少気が咎《とが》めるものの、結果が良い方に転ぶのならばわたしだって喜ぶだろうと彼女は思う。

そうして、今わたしがこうして耳にしている『腕が三本ある人への打ち明け話』は日の目を見、でもこの世には腕が三本ある人はいないのだから、誰にも理解は叶わない。本来それは、三本の編み棒を同時に使えた場合に可能となる模様について考察する人物の独白よりなり、一時期わたしはそんなことに凝っていた。クイズの答えは簡単で、呼吸の合った相手があれば、二人で一つの編み物をするのは可能で、腕は一本余りさえする。一本余ったその腕で、『腕が三本ある人への打ち明け話』はどこかで書かれる。三本の針を主人公とした独白として。

どこかの街で、わたしはその人物と向き合っている。

それとも三人の人物が一本ずつ手を提供しあって、奇妙な模様を編み上げる。

奇跡を捕える網があるなら、網は奇跡の中で編み上げられる。

IV

この五月、わたしはサンフランシスコにおり、冒頭の謝辞を書いている。出発までにこのレポートが仕上がらなかったおかげでそうなっている。元より休暇のための移動ではなく仕事はするつもりだったから、これはいつも通りの遅延にすぎない。

はじめての街ではないから特に観光をするでもないが、最初に訪れたときも、こうして喫茶店の机を占拠しラップトップのキーボードを叩いていた。

どこにいても変わらない。勤めを辞して作業一本に絞って以来、家では仕事をできないでいる。この性質は屹度、仕事場を構えてみても変わらない。単純にずっと寝てしまうか、台所で酒を飲み続けるあたりになるに決まっている。どちらも生存向きの芸ではないから、無理やり起きて外へ出る。まだ幸いに、環視の中で無体な振る舞いに及ぶ勇気は湧かず、かろうじて機位を保っている。

どこにいようと変わらず喫茶店を乗り継いでいる。一度喫茶店を定めてしまえば、同じところへ通い続けて疑問も湧かない。数年をおき訪ねた街で、覚えた場所から喫茶店が消えたりすると、瞬間理屈がわからなくなり立ち尽くす。

どちらかと言えば旅は嫌いで、住むのならば構わない。移動が嫌いなわけではなく、通り過ぎてしまうのを苦手としている。観光地に興味はなくて、その周囲に住む人々を眺めているのは面白い。曜日や時間帯による人の流れの変化を覚えていくのが楽しく、ある瞬間だけから流れは見えない。空いた時間は街歩きをして過ごす。書店の棚を覚えるように、街の配置を体の中に取り込んでいく。

謝辞は浮かばず、全く別の想念ばかりが浮かび続ける。

時差ボケもとっくに解消しているはずなのに、文字が頭に入ってこない。どこにいようと変わりなどはないはずなのに、距離に応じて体は強張り頭は緩み、順応までの時間がかかる。字面が流れ、そして同時にわだかまる。出発前に書いたレポートをこうして眺め、自分の手になるものとは思えない。奇妙な緊張感が体に居座り、思考の速度は低下している。その確認は簡単だ。一軒の喫茶店で二時間を過ごすというのがわたしの作業のスタイルなのだが、同一量の作業をするのに必要な喫茶店の数が倍に増えている。

読み返すだけでこの様だから、手を入れるともなれば目のあてようもありはしない。全ての文がどんどんばらばらに見えはじめ、ほんの一行前の文章が思い出せない。今目の前の綻《ほころ》びを直すことは確かにできるが、その修正の影響がどう全体に広がるのだか予想がつかない。あらゆる箇所が綻ぶのが見え、綻びが綻びを呼ぶのが見える。しかしそれは移動の前には気がつかなかった綻びであり、現在進行中の運動であり、今こうして綻びるのはかつて書かれた文章なのか、今のわたしの頭なのかが判定できず気持ちが怯える。

過去に手を加えれば何かが壊れ、その崩壊は連鎖していく。それがあらたな秩序へ転移するなら、全面的な修正へとりかかろうかという気にもなるが、流れがひたすらに決壊していくだけとしか感じられない現状では、単語の置換さえもが困難だ。何をしようが野放図に崩れるとだけ知られる場合、既存のものは放置しておくにしくはない。何をしようと改善が望めないのなら、最良ではない代物だろうと、そのままの方がまだましだということになる。遺跡というのが手入れもされずに残されるのは、そうした心性によるものなのかとふと浮かぶ。

堅固なものが好きだった。

子供の頃は、宝石を加工する職人になってみたかった。輝きに魅せられたのではなく、むしろ不満を抱いた結果だ。新聞に折り込まれた量販店のチラシから大きな石のついた指輪の写真を切り抜いては、絨毯に並べていたという。印刷された宝石の持つ輝きと、紙面から切り離されて戸惑う宝石の像。何故だろう、ということだ。同じく平面に置かれているにもかかわらず、絨毯の上ではただの無様な紙切れへと成り果てる。今でもたまに不思議に思う。

光り物の写真を切り抜き並べ、金属光沢や高い透明度を持つガラクタをこまめに家に拾い帰った幼いわたしは、烏という綽名《あだな》で呼ばれた。

こうして思念はさまよっている。

漂うままに続けるとして、ブリリアントカットとは何とも奇妙なカットに思える。尻が馬鹿みたいに尖っている。幼いわたしはそう考えた。何故石をわざわざ台座に嵌め込んで、持ち歩かねばならないのか。宝石が宝石として存在するには、そんなカットは適していない。この感覚は未だにわたしにつきまとう。指輪は指輪、宝石は宝石で良いではないか。人間を装飾するという目的から離れてしまえば、より美しい石のカットがありうるのかもと今でも思う。

わたしにとっては、宝石も、編み物も、刺繡も、言葉も、数式も根は同じものと映っていた。こうしていると、それは何かが違うと感じる。根が同じだとは感じるが、同じのあり方が異なっている。同じさ加減は、固さの程度なのだと考えていた。柔らかさの程度なのではと今は感じる。固さという性質は存在していないのではと何故だか思う。本来はただ動きだけがそこにあり、たまたま同期している現象を固さと見なすだけなのではと。自転車のスポークを眺めるうちに、ふと車輪が停止して見えたりするように。

今回わたしがやってきたのは、Ａ・Ａ・エイブラムス私設記念館への定期報告のためであり、年に一度は顔を出すべしと決められている。友幸友幸の捜索がわたしの仕事だ。エイブラムス氏の死後もこの事業は継続している。法人格とは時にそうした不死を生み出す。

エイブラムス氏は友幸友幸の捜索に多くの人員《エージエント》を雇用していた。誰も追いついたことがなく、転居先も告げずにふいといなくなってしまう人物の追跡などは、物量に頼る他ない。足跡をみつけた時には既に姿を消しており、契約書に残る名前などは出鱈目《たらめ》だ。互いに隣人が顔を合わせずに済むようなつくりの長屋や、出入りの矢鱈と雑多な場所を選んで友幸友幸は渡り歩く。誰かと部屋をシェアしたりはせず、身元保証人が必要となる結構な部屋を借りたりはしない。廃屋に勝手に住み着いていることも多く、紐づけは常に切れている。銀行口座の名義も様々だが、書き記すことのできる情報などはつけいる隙が多分にある。普段は面倒な上意味もないから改竄《かいざん》の手間をかけないだけだ。あえてする必要がないせいで、堅固なものと扱われている。一度引っ越しなどをしてみると、手続きの間に空いている象が落ち込めるほどの穴の大きさに愕然とする。特に悪質な犯罪者として告発できるほどの材料もなく、銀行によるATM利用履歴の追跡などは期待できない。

未だに三年に一度ほどは、新たな住居跡が発見される。渡り歩いた順にではなく、偶然みつかり、過去の遍歴が書き直される。

友幸友幸が一体どうして生計を立てているのかについても未だに謎のままである。莫大な遺産でも持っているのだろうというのが最も有力な説であり、そうでもなければ頻繁な移動は難しい。外貨価値の差を利用して移動ができても、稼ぎを当地で行うのなら、そのサイクルは行き詰まる。

一応、通訳をしているのではという説がある。翻訳者なのだとも言われる。この世にはまだ、複数の言語を順に伝えて訳し下さなければならないような奥まった言葉が多くある。複数の人物を雇うよりは、言語学習に優れた一人を雇う方が安上がりだと、それなりの説得力を持っている。あるいはエイブラムス氏のように常に世界中を移動している人物のお付きの一人だという予想もある。しかし、友幸友幸の行動はあまりにもとりとめがなさすぎると衆目はまず一致している。

そんな人物を発見するのに、一体何ができるのか。端的に言ってどうしようもない。だから一体何人いるのかも知れない、わたしたちエージェントに与えられているのは網だ。

ただ網を振り回すのを仕事にしている。銀糸で編まれた小さな網で、捕まえたものを報告していく。何か実体が捕まれば、その実体を提出する。何かの着想が得られれば、その着想を報告書にして郵送する。中には、網を本当に捕虫網として利用して、標本函を送りつけている連中もあると聞く。几帳面にラベルの貼られた函を見せられ、わたしはその手を使うことを断念した。

何故網を持ち歩くのか。

A・A・エイブラムス私設記念館は、ただ網を振り回し捕獲物を郵送せよとエージェントに求める他は一切の説明を行わず、業務は個人の意思に任せると扉を閉《た》て切っている。

エイブラムス氏の頭の中をどんな筋道が貫通したのか今では推測するしかないが、多分こういうことになる。旅の間に、着想は人の体を離れて遊離する。捕まえ入手した着想から、逆にその人物を同定できるのではということだ。平凡な人物には月並みな着想が似つかわしいが、友幸友幸規模ともなれば、逃れ去る着想も異質なものとなるだろう。少なくとも異質な着想の得られた周囲に、彼がいた公算が高いだろうということになる。

金持ちの考えることはよくわからないというくらいしか感想はなく、既に内面を忖《そん》度《たく》するのも馬鹿馬鹿しいが、多分これで正しいと思う。図式としては、わたしたちはエイブラムス氏の遺産をゆっくりと食い潰しているだけなのだが、まあ別に構うこともないだろう。資産の呑気な再分配といったあたりだ。

エージェントとして採用される基準はよくわからない。

募集要項は英国諜報機関よろしく堂々と公表されている。必須条項の欄を埋めて古式ゆかしく郵送すると、捕虫網が一つ送られてくる。わたしの場合は、千米ドルと、捕まえたものを送れというぶっきら棒な指令書も添えられてきた。他の指示は特になく、試用期間ということだろうと判断をした。わたしから話を聞いた友人が、書類一つの小遣い稼ぎと戯れに応募をしてみたところ断りの葉書が届いたといい、一応の書類審査はあるようだ。

何かを送る。経費と対価が口座へ振り込まれる。淡々としたやりとりだ。数度の試用後、雇用契約も結んだのだが、大部にすぎる契約書にはきちんと目を通していない。

提出したレポートじみた代物の判定基準もまた明らかにされていないが、わたしの場合、月に二、三度何かを送ると生計が立つ。稀に突き返されることがあり、たまには予想よりも多い金額が振り込まれ、一年間の平均としておおよそ落ち着く。エージェントの中には突然の解雇を告げられる者もあるといい、これも理由は不明のままだが、それなりの手当があてられるらしく、特に文句が出たとも聞かない。

不調となれば、旅に出るべしと薦められる。

本当はのべつの旅を求められているのだが、設立者をエコノミークラス症候群で亡くした記念館としては、強く押し出すつもりもないらしい。曰く、着想は速度によって体から離れるからだという。とても奇妙な信仰と呼んで良いと思うが、強制される見解ではない。とにかく結果が伴えばよい。原理や理屈はわからなくとも現象は起こり、日々家の近所で網を振り回して歩く程度で許される。特に見張られている様子もないから網を携帯せずとも別に平気なはずなのだが、なにとなく試験を課されているような気分にはなり、つい持ち歩く。

勿論最初は、冗談なのだと考えた。それではというので貯金をはたき、これみよがしにアルゼンチンまでの旅行をしてみた。こともなげに必要経費が振り込まれた時、この記念館は本気なのだとようやく気づいた。記念館は本当に友幸友幸を探しているし、手法についても疑問を持ってはいないのだ。少なくとも慣性のついた事業はまだまだ転がり続けるらしい。

わたしたちのようなエージェントを採用することにより、記念館は友幸友幸の存在を偽装しているのではないかと疑ってみたこともある。

例えば『猫の下で読むに限る』は、誰かの偽作なのではないかと今でもたまに考える。わたしがあの著作を訳してみたのは、そんな作為の痕跡を探してみたかったからでもある。友幸友幸を知れば知るほど、無活用ラテン語の選択はやはり不自然に思えてくる。誰か語学の才能のない奴が偽作をするには、利用する者のいない言語を用いるのが得策だ。文法的な基本線さえ超えてしまえば誰からも文句がつかないから。結局わたしの能力では、そんな痕跡を見出すことはできなかったわけだけれども。

もしかしてわたしたちに期待されているのは、友幸友幸の著作を勝手に書き続けることなのではという疑念は強い。わたしも一つ、これも無活用ラテン語で『飛行機の中で読むに限る』を勝手に書いて記念館に送りつけてみたこともある。なにとなくコレクション中に無活用ラテン語で書かれた著作を増やす作業が、無言のうちに要請されている気がしたからだ。エージェントたちの間でそんな遊びが流行ったりすると面白いと少し思ったことも確かである。

その作業への報酬は微々たるもので、わたしはすぐに作業をやめた。そのあとで送りつけた、「友幸友幸を偽装するための覚書」としたレポートや、『猫の下で読むに限る』の翻訳の方が余程高い対価を得られたところをみると、記念館は別段、友幸友幸の新作の書き手を求めているわけではないらしい。新作となれば筆跡や手つきの一致も求められるし、偽物をつくるということならば、別に新作そのものである必要はなく、元が不明な言語からの翻訳と銘打ったもので充分なのだとは後から気づいた。

真相はわかるはずもなく、無用なものに高値を、有用なものに知らぬ振りをするという戦略は、本心を隠す際には有効だ。相互をとりまぜておけば尚良い。サイコロでも振りつつ報酬を定めているという可能性だって否定はできない。

実際に網を振り回すという行為を除けば、極々平らに考えて、この仕事は思いつきを売る作業にすぎず、全く世にないという仕事でもない。いっそありふれたものとも思える。わたしもたまには、夢に見た装置の設計図を送りつけてみるくらいのことはする。束の間浮かんだ、永久機関の設計図とか。そんな奴らを集めれば、一つや二つ、金になる着想が得られることもあるのだろう。そもそもからを思い出すなら、エイブラムス氏自身がそうして無茶な妄想事を集め歩いて、事業を回転させていたわけなのだから。

記念館が目論むのが、エイブラムス氏の悲願としての友幸友幸の発見なのか、量産型エイブラムス氏を生産することなのか、記念館自身にもうわかっていないのではと思う。真相を知る者は記念館にもうおらず、あるいは最初からいたことがなく、規則だけが回っているというのが月並みながらありそうだ。

今喫茶店でこうして記すわたしの周りには、思い思いに言葉を紡ぐ人々がある。断片的には理解ができる文章よりなり、単なる音であるとも聞こえる。友幸友幸流の言語学習法を試してみたこともあるのだが、耳に入る音を片っ端から発話者にさえ拘らずひたすら記し続けるという方法はわたしにはどうも向かないらしい。響きに対する好みを聞かれてわからない。響きに対する好悪の念が欠けているのが、わたしが言語学習を苦手とする理由なのかとは考えたりする。

わたしの提出するレポートは、いつも日本語で記されている。記念館は提出物が何語で書かれているかを気にしないし、わたしには書き言葉として日本語しか利用できない。慣れない言葉を用いることで作業効率が低下するなら、翻訳には専門の人間をあてた方が効率が良いという合理極まる判断らしい。

こうして異国の地にあって国語の無力が際立つと、言葉はどんどん入り組んでいく。外から入る音たちが砂嵐のように細部に割り込み言葉を削り、対抗しようと枝葉が伸びて、加減の基準が失われる。

誰も使用しない言語では、好きなことを野放図に書ける。誰かに再利用されることが頭に浮かぶと、途端に言葉はざわめきはじめる。まずこの字の読み方を説明するべきなのではという気分になって、内容がどんどん取り残される。ここには何が書かれているのか、説明したい気分が起こる。何かを解説することと、何が解説されているのかを示すことは多少異なる。そこに横たわる差異は言葉によって違うのではと不安が襲う。

意味のない、相矛盾する、脈絡さえも無茶苦茶なお話がそこにあるとする。でもこの世のどこかには、そんな無理無体なお話を整合的に成り立たせる言葉があったりしないだろうか。翻訳してみてそれはありきたりのお話となり、どこがおかしいのかが隠蔽される。

別に難しく考えなくとも、日常の会話にはそんな要素が多くある。互いの話は聞いていないし、前言は容易《たやす》く翻されて、間投詞や相槌が盛んに割り込み、反復が多く行われる。わたしたちは流れの中でそれを会話と捉えているが、音をそのまま文字に起こして定着すると、何が言われているのかわからなくなる。

トリックを文法に組み込んでみた種類の言語。

娘から母が生まれたという文章があれば語義の矛盾が生じるが、矛盾は並ぶ文章により解消されうる。そっけなくタイムマシンという単語を投げたりすることで。それとも矛盾は分裂して姿を隠す。次の文は嘘を言っている。前の文は真実を言っている。この二文を読み流して問題はなく、生真面目に見つめるならば何かが起こる。次の文が嘘を言うなら、次の文は、前の文は嘘を言っていると主張していることになり、前の文が嘘を言っているなら、その主張は次の文が真実を言うとなり、次の文は、前の文は嘘を言っているとなる。

でもしかし、そこでの矛盾の解消やら生成やらを、単語で行わなければならないという決まりはない。そんな事態が文法的に解消されたり生成されたりする言葉というのはないものだろうか。

繰り返し語られ直すエピソードが、互いに食い違いを見せるたび、文法の方が変化していく言語というのはないものだろうか。

単に気がついていないだけということは。

流れが尾を嚙み輪になれば、それはもう流れではなくなるだろう。

A・A・エイブラムス私設記念館のカウンターで、わたしは今年の評価表を受け取り、ぎりぎりまで手を入れ続けたこのレポートを提出する。いつでもこんな内容だから多少忸怩《じくじ》たる気持ちも起こるが、本来はレポートを郵送するたびに湧きおこるべき感覚だ。年配の女性が封筒を受け取り無造作に開け、わたしのレポートをぱらぱらとめくる。彼女に屹度日本語は読めないだろう。

「御苦労様」

レポートを机へ打ちつけ揃えつつ、女性は微笑む。わたしは一枚紙の評価表をひっくり返し、そこへ現れる表を眺める。月ごとの支払い明細と個々のレポートへの評価の記されたこの紙には、「A」だの「あ」だのアレフだの「〇」だの「中」だのミャーフキー・ズナークだのがずらずら並ぶ。その意味を尋ねてみても、係員自身が知らないことを知っているから尋ねない。評定の根拠が知られぬ以上、評価の結果も意味のわからない文字になるのが当然だろう。

係員が分厚いファイルをわたしから隠すようにして開き、わたしの顔と照合する。こうして直接出向く理由は、それ以外には考えられない。エージェントが果たして実体として存在しているのかどうか、まだ同一のものでいるのかどうかを確認しているのだと思う。情報ではどんなに量を費やそうとも決して確定できないことが、実地には瞬間的に可能であったり何故かする。

黒いスタンプ台が押し出され、わたしの前に現れる。うるさいことを言うならば何かの法に触れるような気もするのだけれど、素直に指で指された箇所に右と左で五本ずつを押捺《おうなつ》しておく。

「みつかると思いますか」

彼女が尋ね、

「みつかると思いますか」

わたしが答える。これはきっと挨拶だ。二人で同時に肩をすくめて曖昧に笑う。

「あなたが前に送ってきたお話、面白かったたって館長が」

彼女が言う。そうして尋ねる。

「着想を捕まえる虫採り網で、お話の素《もと》を捕まえる話なんだって」

「それはわたしが書いた話じゃないよ」

翻訳なんだ。支払も特に良くはなかった。

「わたしが書いた方のお話はその封筒の中にある。でも君は読まないだろうね」

「そうね」

わたしは胸ポケットに差した小さな網を取り出して、すげない彼女の目の前で左右にゆっくり振ってみせる。

彼女はちょっと戸惑うように眉を寄せ、間を置いて愛想笑いを浮かべてみせる。ややあって一つ手を打ち、この見つめ合いを断ち切り終える。はい、今年はこれでおしまい、と告げ、素早くファイルへ目を走らせる。ミスター。

「友幸友幸」

上目使いに語尾を上げ、たどたどしい音で子音と母音を順に重ねる。

彼女のできの良くない冗談を右手で煽ぎ払いのけ、思い直して、網で捕える。

V

レポートを受け取り、背中越しに手を振る男の姿が扉の向こうに消えるのを待つ。しばらくカウンターの中で立ち尽くしてから、わたしは階段をゆっくり上る。廊下に並ぶ扉のプレートの表記は様々だ。思いつきだけで拡大し続けたエイブラムス氏の興味は広く雑多で、わたしに関する記録などはほんの一部であるにすぎない。伸びる廊下の奥からこちらへ向けて順番に、わたしの部屋は存在している。徐々に専有面積を増やしこの階を侵食しつつあるのだそうだ。適当に一枚の扉を開けて電灯をつける。

机の上に散らばる雑多な手芸用品の山に目が泳ぎ、ゆっくり焦点が合いはじめる。

蜘蛛の巣のように広がる網がわたしを捕える。

中断されて放射状に並んだままのレース編み用のボビンの配置へ目を凝らす。知らない人が見たならば、古代の計算機だと信じかねない不思議な装置だ。単純極まりない癖に、想像を絶して入り組んでいる。作業が中断されたのは一体いつのことだったのか。結び目をなぞり、手の平でボビンをまとめて転がし、綱が語りかけて来るのを待つ。大気が甘さを組み換えるのを待つ。エジプトの砂漠がミントの香りと共に押し寄せる。

偽物の旅が機能をはじめる。

わたしがこの記念館へと導かれたのは当然だろう。これはわたしの旅なのだから。わたしのためにこの施設は作られたのだと考えても良いくらいだ。わたし自身には行いえない、わたしの仕事の集積地。わたし自身をまとめる作業。どこにあるのか忘れてしまった過去たちがごたまぜにされ集められ、解釈されるのを待ちかねている。

「手芸を読めます」

わたしは言った。

「読めないのですが、読めるのです。適した作品が与えられれば」

このわたしの説明は、面接に出てきた館員の興味を引いた。無造作に集められそのまま保管されたっきりの手芸品の分類は、一応ラベルづけくらいをされてはいたのだけれど、館員たちの手には余った。記念館の収集対象は、主にわたしの書き記したものたちで、手芸品はほんの添え物として扱われている。それは山側のものであるのか、海側の細工であるのか、あちらの国とこちらの国で、糸の引き締め方や捻《ひね》り方に一体どういう違いが存在するのか。

「わたしにならば、判定できます」

いくつかの試験を抜けて、今は非常勤の職員としての扱いを受けている。給金をささやかなものとする代わり、記念館での勤務は半年にひと月程度としてもらっている。調査のためと称した移動費が多少、経費としてつく。こうしてわたしの移動はまた一つの支えを得られた。

自分の利用した道具や手をかけた作品なのだから、すぐに判定できるだろうという見込みは甘かった。手当たり次第に集められた作品には、わたしの手にはならないものが相当量含まれていたからだ。忘れただけだと言われると強く否定することもできないのだが、わたしの体の知らない技法が多く、そこにはみつかる。館員たちは、エージェントがわたしの作業場から持ち込む物品のうち手芸と見えるものたちを無造作に部屋へと投げ込むのだ。既製品と手芸品の境目がぼやけ、道具と作品の境界もそこでは揺らいでしまっている。部屋の周囲の物品を丸ごと買い上げたというようなこともあったのだろう。それよりなにより、エージェントたちの作成物も平気な顔で紛れ込んでしまっている。

わたしや他人の残した作品を、仕事の合間に読みふける。多くの言語を知りはしないが、自分の書いた文章は何語であろうと自分で書いたものだとわかる。作品とてもそれは同じだ。手芸だってひどく曖昧な形とはいえ、読むことができる。読んでいる間にだけは言語の記憶が蘇り、土地の姿が脳裏に浮かび、手芸の技が上書きされる。

旅の間にだけ読める本。

本を読む間だけの旅。

本を読む間の旅の間にだけ読める本から再生される手芸。

手芸からまた読み出される本。

ボビンを無意識的に操って、網目模様を生成していく。夜が訪れるまでに、レースをどこまで進めることができるだろうか。

本当は、誰かに会うことができるのではと、ほんのわずかに期待している。レースが記憶を呼び覚ますのと同じやり方で、かつての誰かをここへ引き寄せたりはしないものかと。その人々はわたしと異なる人間だから、この期待はやはり過大だ。わたしと異なる人間とは、わたしの想像の中にいるはずのない人なのだから。それでもせめて、二人編みをしたもう一人とか。あの日々は、互いが互いの道具に近かったような気が微かにしている。人間ではなく道具であれば、いずれ誰かに収集されて、それとも自分自身の意思で、いつかはここに収まるだろう。それが一体誰だったのか、わたしはもう覚えていないわけだけれども。屹度、顔を見てもわからない。実際に対面してさえもうわからない。

繰り返される名前は呼びかけだ。

同じことを続けるつもりで違うことが起こり続けて、わたしの手がけるものたちへ、このわたしではないものが混じり続ける。

夜には、文字を書いて過ごす。

以前は自分の書いた文字だけを読んで過ごしていたが、この記念館へやって来てから、他人の書いた文字も読むようになった。たとえば今のわたしは、昼間の男が残した原稿を机の前に広げている。友幸友幸ではないあの人物。そこに何が書かれているかはわからない。それはわたしの知らない言葉で、自分で書いたわけではない異国の言葉をきちんと読めるようになるためには、実際その地へ行かねばならない。

それでも文字は作用する。紙質や、パルプの繊維、封筒の汚れと全く同じに。そこから得られる漠然とした印象を、目にしたままに書き記していく。

こうして記す。

ちょっと硬質な手触りが、左手の万年筆の先へ引っかかる。銀線の網目の上で動かすようにペン先が足をとられてあらぬ方へと導かれる。

宝石。

そう書いてみて、クエスチョンマークをあとへ続ける。それとも硝子。これは硝子工芸についての文章なのかと瞬間悩み、否定する。レースと、レースについて書かれた文章の手触りは違い、レース自体は結果的に読み出されてくるものにすぎない。レースと皮膚の肌理《きめ》が異なるように。

刷毛《はけ》を用いて恐竜の骨を掘り出すように、慎重にレポートの輪郭をなぞっていく。宝石、硝子、方程式。次々と候補が舞い上がり、一刷毛ごとに確信は揺らぐ。新たに浮かぶ特徴が以前の推理を打ち砕く。人工物のようにも思え、鉱物が自然につくり出す、人工物を偽装するかのような秩序のようにも見えてくる。

これが一体何語で書かれているのか、わたしには全く見当のつけようがない。書き写すうち、生き物の使う言葉ではないようにさえ思えてくる。それともまるで用いる者のなくなった言語。

わたしの手が自然と止まり、それでもペンは走り続けて、わたしは悟る。

何かの種類のこれは呪いだ。

わたしの言葉を固めようとする種類の呪いで、思考を縛り、血を凍らせて細い血管を詰まらせていく。わたしを破って一貫した偽りの人生が結晶化して、林のように突き伸びる。急激に回路のような枝を伸ばして、わたしを取り巻き立ち上がる。木々の間には枯葉のように乱舞する無数の透明な蝶。玻璃製の蝶が互いにぶつかり砕け散り、相反する要素を打ち消していく。次から次と湧いて出て、端から互いに否定を行う。

強く風が一つ吹き寄せ、わたしの顔に硝子の粉を吹きつける。髪を振り、服を払ってあたりを見回す。無機質に広がり続ける喪われた言葉の国に、わたしは一人立っている。あらゆる比喩を抜きにして、呆れるほどにそのままに。

見上げた先には、小さく一枚扉が見える。壁と呼べる平面はなく、木々の間にぽつねんと扉だけが突っ立っている。扉の向こうの左側、出番を待つ役者のように年老いた男性が一人、小刻みに足踏みしている。

老人はステッキの先で扉を小突き、大きな虫採り網を担いだ姿で左から右へ扉をくぐる。くぐってみてから扉の方へ振り返り、支えなしに立つ枠組みの周囲を回る。くるくると何度か扉をくぐり続けて、数歩を下がって睨みつける。大げさに肩をすくめてみせ、非難するようにステッキで扉の枠木を叩く。

　嘆かわし気に首を振り、そこで待っていろというように、人指し指をわたしの方へ小さく立てる。

　舞い飛ぶ蝶をステッキでうるさげに払い、打ちつけながら、ひょこひょこと跳ねるように木々の間をやってくる。全然進むようには見えないのに、ふと気づいたとでもいうようにわたしの横へ現れて、帽子を取る。挨拶かとも思ったが、シャツの胸元を開け長閑《のどか》に風を入れている。眉間に皺が寄せられて、苦い記憶を呑み込んだような表情を浮かべる。二、三語、調子を調べるように音を転がし、大きくひとつ唾を呑み込む。調整を終えたらしい老人は、前置きもなく突然長々喋り出す。

「やりすぎたということだろうな。君は人目につきすぎた。人目につけば、他人は様々勝手を言いだす。こんなことを考える奴も出て来るだろうさ」

「ここでは言葉が失われているのに、喋れるの」

　わたしは覚束ない言葉でそう尋ねる。老人は可笑しそうに眉を弓なりに持ち上げてみせ、

「喋れていないとしてどういう問題があるのかね」

「別にないかも」

わたしも素直に従っておく。空気が薄く冷たいせいで、長い言葉を求めるための言葉がこの場所には欠けている。老人は生徒に対するように頷いてみせ、大きく空気を吸い込み、胸郭を膨らませて吟味してから、

「これはあれだな、ラテン語だ。昔は無理やり暗唱させられたものさ。活用が随分違っているが、間違いというか、これはわざとやっているのだな。一貫して間違っているから。何かの作為があるのだろう。故郷の言語に似せて言葉を使おうとしたのだとか、譲れない比喩があったとか、韻律上必要だったとか、そんなあたりだ」

耳を澄ませるように目を瞑り、木々の間の自分の言葉の反響を聞き取っている。

「ちょっと違うか。単純な言葉を作ろうとして葉を全て刈り込んだのか。そのせいでかえって喋りにくいな」

老人の言葉の響きに共鳴した蝶が空中で砕ける鈴音が、また新たに老人の声を作り出し林の中へ消えて行く。

こんな場所には、わたしでなければ決して来られはしないだろうさ。

自慢するようにわたしへ告げて、老人は、伸びたなりに伸びっぱなしの円柱の林を確認するように見回したあと、それは置いておくとして、と向き直る。

「君は少しやりすぎたのだ。こんな益体《やくたい》もないものばかりつくりくさって」

ステッキでまた手近へ迷い込んだ蝶を打ち砕く。

「机の上に置いておくには綺麗だろうがね、こうして飛ばすには荷が勝ちすぎる。いずれ全部が否定し合って、何も残らなくなってしまうぞ。それが望みなら止めはしないが」

わたしは首を横に振る。掛け声を発し腰を下ろした老人が、一瞬人懐こい目でこちらを見上げ、目を逸らす。

「まあそれも置いておこう。それはわたしの用件じゃない。君は網をつくるのが上手いと聞いてね。色んな技を知っているとか」

「どんな網をお望みですか」

職業柄、反射的に答えてしまう。

「とある種類の蝶を捕まえる専門の網さ。捕まえることのできる網もあることにはあるんだが、ちょっとばかり万能すぎたおかげで、あちこちに面倒事を引き起こしている。もうどこから修正したものかは知らないが、それならどこから直しても良い。正解のあるような話でもなかろうからな」

よくわからないとわたしは目で続きを促す。蝶と言っても多くある。ものを作るには仕様が要るし、仕様はなくても、せめても気持ちや気分くらいは必要だ。要するに、と老人は言う。

「ただ蝶だけが捕まれば良い。蝶であるなら、現実だろうと架空だろうと、とっ捕まえる、そんな網さ」

わたしは少し考えて、

「この蝶は」

目の先を羽ばたいていく蝶を指さす。人工だろうと蝶は蝶かも知れない以上、捕まえる対象に含めるのかどうか、わたしは問いたい。老人は鼻で笑って、

「そんなものは蝶ではないさ。人工物など勝手に砕けていくに任せておけ。むしろ捕まえたくない種類のものだ。わかるかね」

「わかりますね」

「じゃあ大丈夫」

首を上下と左右同時に振ってみせるわたしへ向けて、老人は満足気に一つ頷き、遠い目をする。

「今は趣味だが、昔は鱗翅目の研究者をしていてね。今丁度、奇妙な蝶を持ち込まれたところなのさ。少なくともそういうことにされてしまった。遺憾なことだが致し方ない。書かれたことは既に書かれてしまったことだ。それでも業腹《ごうはら》なことに変わりは

ないから、はばかりに行くと言って抜け出してきた。とある種類の特殊な網でしか捕まえられない蝶らしい。わかるかね」

「わかるような、気がします」

老人は軽く鼻を鳴らして、

「わかっちゃいないさ。研究者が何かの成果を見せられて、それが本当に貴重な代物だったら、一体どう感じると思う」

「賞賛の念、かな」

違うさ、と老人は座ったままで両手を広げ、勢いよくステッキを振り回しだす。

「何故それを発見したのが自分ではなかったのかと憤るに決まっている。貴重な標本なんていうものが他人の手で採取されるくらいなら、決して見つからないままに失われた方がどれほどましか」

「貪欲ですね」

物騒だなと曇るわたしの返事に、老人は豪快に笑い出す。

「当たり前だ。当たり前だよ。ただわたしも別に成果を盗むつもりはない。真っ当な賭けをしたいだけだ。それには網が必要でね。ただしそんなに強い網は必要がない。ただその蝶を捕まえられれば充分なのだ。これは君にとっても悪い取引ではない。

思いつきとかいうものを片っ端から捕える網を、君がどこかで編み上げてしまったことが、そもそものはじまりの、途中のどこかの終わりのはじまりの横の角を曲がったところを最初に戻って少しずれた出来事だったのだから」

「筋道がよくわかりませんが」

「まあそうだろう。わかるようにできていないのだから当然だ。チェス盤にばら撒いた駒が勝手に詰めチェスの問題になるかね。適当に塗りつぶした方眼がクロスワードパズルになったりするかね。わたしにだってよくわからない。わたしにわからない以上、地上にわかる者はいないと思うよ」

「作ってみましょう」

この老人はわたしに何も教えるつもりがないらしいと見極めて、わたしは軽く肩をすくめる。最後には、手作業以外にできることなど残らない。

「編み上げ時だよ」

老人は告げ、仰向けに寝転ぶ。取り残されたわたしは周囲を見回し、木々の間に、草のかわりということだろうか、自然銀のように伸びて茂るか細い線に手を触れてみる。力を加えられたままの形に曲がり、そのままでいる。ポケットから鋏を取り出し、ぷつりと切る。端を前歯で挟んで歯型をつける。金属的な香りはあるが、そこには呼び出されるべき土地や記憶が欠けている。

さてこそ一冊の本を脇に挟んで、鱗翅目研究者はテーブルへ戻る。夢見るような表情で蝶を見つめ続ける男の後頭部へ皮肉な笑みを向けておき、本をそっと体に隠して、何食わぬ顔で前へと回る。

「新種の、架空の蝶なのですな」

男は再びそう尋ねる。そう尋ねる場面へと、鱗翅目研究者は、さてこそ、なる連語の扉をくぐって戻って来たから。ちょいと寄り道もしたのだけれど。さて、この男の名は何といったか。ああ、エイブラムス氏。流石は何度も繰り返して登場してきただけのことはある存在感だ。その割に人物像は発散するばかりのように見えるけれども。まるでこの随分とがたぴしとした舞台と同じに。守りが甘いな。老人は薄く笑みを浮かべる。どんな風にも通り抜け放題だ。韻律からでも関係代名詞からでも連語からでも。こんな仕事に駆り出されるのは心外だが、他にはもう動ける者も退場済みなのだから仕方があるまい。

「左様」

鹿爪らしくそう答える。

「わたしが発見者ということになる」

「それはどうでしょうな」

得意の絶頂にあるエイブラムス氏の前の机へ、老人は一冊の本を広げる。ヴェラに、と宛名の記された蝶のスケッチには既に、アルレキヌス・アルレキヌスの名前が記されており、雄の表記が添えられている。エイブラムス氏のグラスの縁にとまった蝶がひらりと舞い上がり、頁に描かれた蝶の傍らへとまる。そこに鏡があるかのように。

「雌の発見ははじめてですが、種としてはもう知られたものです。つい先日に捕獲したものでしてね。まだ新種と呼んでよい時期だ」

「馬鹿な」

とエイブラムス氏が絶句を呑み込み、憤る。

「聞いていた話と違う」

「そうですかな。はてさてどこで聞いた話なものか。それにですな」

老人は涼しい顔で、赤に青にと急激に色を変え続けるエイブラムス氏を観察しながら、指を伸ばして頁の上の蝶を捕える。躊躇《ためら》いもせず蝶の胴を挟んだ指へ力を籠める。思わず腰を浮かせたエイブラムス氏の目の前で、指先をこともなげにすり抜けた蝶が羽ばたきはじめる。

「あなたは蝶を捕まえてなどいないのですよ。蝶に勝手についてきただけだ」

鱗粉にまみれた指先を擦り合わせつつ老人が告げる。

エイブラムス氏が慌てて帽子を引き寄せて、蝶へ向かって振り下ろす。蝶はすっぽり帽子に捕われ、ややあってからすり抜け羽ばたく。気儘《きまま》に道化師の模様をひらめかせつつ。

声にならない呻きをもらすエイブラムス氏の傍らに、老人がどこからか小さな銀色の捕虫網を取り出して立つ。ステッキを置き去りにして意外な速度で駆け出して、スナップを効かせて蝶を捕える。網の口を人差し指と中指の間にそっと挟んで、今度はゆっくり歩いて戻る。袋の中で蝶が羽ばたく。

「これも何かの御縁ですから、どちらかを進呈することとしましょう。道化師の蝶か、道化師を捕まえる網かどちらかを」

蝶を網からはずした老人が、両者を右手と左手で天秤にかけつつ返答を待つ。

「それは」

椅子の上へと崩折れたエイブラムス氏が呟いている。喘ぎながらようやく囁く。

「着想を捕える網だ」

「そうですか。まああまり乱用されぬのが良い。あなたの身も滅ぼしましょうし」

老人は網をエイブラムス氏の手に押し込んで、右手の蝶を宙へと放ち、わたしへ向けて大きく手を振る。

わたしはこうして解き放たれて、次に宿るべき人形《ひとがた》を求める旅へと戻る。

一打ちごとに、過去と未来を否定して飛ぶ。かつて起こったとされることたちも、これから起こることどもも。裏と表を入れ替えながら、そのたびごとに羽の格子の中の色を入れ替えながら。

ひらひらと距離を畳んで高空へ至り、鋼鉄製の鳥が飛ぶのへ引き寄せられる。

一人の男が難しい顔でペーパーバックの頁をめくり、膝へと投げ出し目を瞑る。その男には見覚えがある。どこで見かけたのかを思い出そうと、わたしは男の頭へ滑り込み、中に詰まった言葉を押しのけ外へと散らす。何かを思い出したり考えたりするのはわたしではない。そんな機能はこの体に備わらない。そうした機能を得ようとするなら、何かの頭を借りねばならない。

わたしは男の頭の中に、卵を一つ産みつける。

言葉を食べて、卵から孵《かえ》る彼女は育つ。

こうしてわたしは思考を続ける。

七面倒くさい道筋を辿り、ようやくなんとかかろうじて雄に会うことができ、ほっとしている。こうして卵を産むことができたのだから、屹度、雄には会えたのだ。わたしたちの種が少ない、これが理由だ。とにかくなんとか種を維持するほどの繁殖だけはしているのだが、繁殖の作法は固定に到らず流転し続け、いちいちが秘密に鎖《とざ》されている。その度ごとに、場に機に応じた方策を、なんとか捻り出さねばならない。なにごとにも適した時と場所と方法があるはずであり、どこでも通用するものなどは結局中途半端な紛い物であるにすぎない。

時と場所が変化をすれば、繁殖の方法だって変化をせずにはいられない。

旅の間にしか読めない本があるとよい。

そんな着想が男の頭でゆっくり形をとりはじめる。今はもう見届ける暇《いとま》もないが、結果はいずれ知られるだろう。わたしたちの子供が羽ばたくことで。

無数の蝶のどれが一体彼女なのかは、羽の模様で明瞭《はっき》りとわかる。

松ノ枝の記

本がわたしを見つけ出し、そこにはこう書いてある。

I

わたしは彼の翻訳者であり、彼はわたしの翻訳者である。
切っ掛けはわたしが旅先で見かけた本にあり、それは彼の最初の長篇小説だ。タイムマシンが出て来るような荒唐無稽なお話で、その点がまずわたしの興味を惹いたのだ。主人公はタイムマシンの整備を仕事にしており、あるときその箱から出てきた未来の自分を撃ってしまう。わたしも以前、そんなはじまり方をする話を書いたことがある。

一読、訳さなければと考えた。自分の語学力を考えて、身の程知らずというものである。辞書も引かずに読み終えたから細かなところはわからない。実際のところ登場人物の数も覚えていないような粗読みだったが、とにかく筋と大枠だけはなんとか摑んだつもりになった。もっとも、確固とした登場人物のあるようなお話ではない。訳せるだろうというよりも、似た奴がいると感じたということだろう。

そのまま冒頭一章を、矢張り辞書にも当たらず翻訳し、勢いのまま出版社へ送付した。いきなり日本語訳を送りつけられても困るだろうと、徹夜明けの頭でようやく気づいた。

それでも返事は来たのである。

しかも著者当人から。

手紙はまずわたしの語学力の不足を指摘し、翻訳されたお話が、原本とは全く別物になってしまっていると告げていた。しかしお前の書いたものも面白いと手紙は続いて、ここは一つ、このまま進めて翻訳版とする気はないか、自分の名前も使ってもらって構わないということだった。先方もこちらの言葉は漠然と読めるだけだというから、ひどく良い加減な話である。

大きな封筒が続いて届き、こちらの中身は、先方がわたしの書いたお話を翻訳したという原稿だった。かくて二人は、互いの翻訳者となったのである。

何か良い話に聞こえるかも知れないのだが、冷静に考えるまでもなく随分妙なところがあって、話はどうもぼんやりしている。出来事ははっきりしているが、そこに何が書かれているのか実体がなんともぼやけたままだ。

まずそこに、彼の書いた本がある。あちらの言葉の危なっかしいわたしが訳し、こちらの言葉の覚束《おぼつか》ない彼が確認し直す。わたしの作についても同じ事態が発生しており、何かが宙に浮いてしまった気がする。「翻案」としたほうが正直だろうが、あえて「翻訳」のままとしたのは、単に格好の問題である。原文と翻訳をわざわざ対照してみる奇特な読み手のために、これは真正の翻訳版だと相互に推薦文を書きあった。そんなことが許されるほど、二人とも名のない書き手であったのだ。つまりは放置されているのを幸い、好き放題をやっていた。

翻訳版が出版されれば収入が倍になるかもという胸算用は当然破れた。相互に翻訳をする以上、実入りが変わるはずはない。同じ仕事を入れ替えあっただけなのだから。収入が増加するためには、一方的に翻訳される必要がある。一冊が翻訳されるたび、こちらも一冊の翻訳を仕上げることにした以上、収支は結局とんとんになる。どちらかがより売れるということでもあれば不均衡も生じただろうが、あちらもこちらも、好事家向けのほんの零細の書き手であって、部数もほとんど変わらない。

「あてが外れた」

と、先方からの冗談めかした礼状にあり、こちらも同じ文面を相手に返した。

おおよそ二年に一冊を訳すというペースは悪くなかった。二年の間に自分の本を二冊ほど書き、相手の本を一冊訳す。互いの国で相手の著作に関するインタビューの申し出があれば、それぞれが真の作者と称して出張ったりした。

「実はここだけの話、あれは自分が書いたものなのです。ここにこうして証拠もあります」

わたしは相手に紙片を差し出し、そこには先方のサインと共にこうある。

「著者甲は、翻訳者乙に対し、〝実はここだけの話、あれは自分が書いたものなのです。ここにこうして証拠もあります〟と表明することを許可し、続く乙の発言は、甲に対するインタビューの受け応えが翻訳されたものであると認める」

勿論これは悪ふざけに属するものだが、わたしたちの作自体が、ほとんど悪ふざけからつくりあげられた代物だった。わたしたちはそんな種類の書き手をしていた。まず平常な翻訳者のつきそうなものは書かずに、ひたすら悪ふざけを売りにしていた。

全く筋の見えないお話や、五角形が主人公のお話などを書いていた。登場人物たちが主人公を探す話や、主人公の地位を押しつけあうような話、仕方がないので書き手が自ら主人公を探しはじめる話を工夫していた。文法が段々消えていく話や、文法が新たに加わっていく話を書いた。男だと思っていたのが女であって、実はやっぱり男であったとか、「わたし」の語が登場するたび、いちいち違う人間であるような話を書いた。

そんな長閑《のどか》な共同作業の箍《たが》が緩むまでにほんの六年。弾けるまではそこから四年。これまでに互いの翻訳は四冊ずつある。五冊目が完成するかはわからない。二冊目までは、まだしも真面目に翻訳をした。目敏い読み手に原本と翻訳は全く別物と指摘される機会が増えてはいたが、そこまではまだかろうじて、翻訳の枠内に留まっていた。

一冊目には、互いの自伝的な要素を強く含んだ小説をかなり気儘《きまま》に翻訳しあった。わたしはそこで、彼の『Branches of the Pine』を『松ノ枝の記』と置き換えて、彼の家名を松ノ枝《え》とした。松枝《まつがえ》ではまるで侯爵めくから。家名を日本語に移すにあたり多少の躊躇《ためら》いも覚えたのだが、branch は枝でもあるし、分家も意味し、妥当なところだったと思う。勿論他にも理由はあって、訳書に目を通してもらえればこの選択の必要性は御理解頂けるものと思う。

二冊目には互いに既出の短篇から目につくものを拾いあげ、それぞれ独自に編み上げた。特に秀作を選ぶのではなく、配置によって新たな筋を勝手に作った。本来別のお話の全く異なる登場人物たちが、まるで一人であるかのように順序を整え置いてみた。そこへ浮かぶ画を描き切るにはどうしても人称に手を入れる必要が生じ、一応とはいえ問い合わせもした。

「心配無用」との返事が戻り、「こちらは多分もっとひどいことを試みている」ということでわたしは笑い、彼は言葉を違えなかった。二冊目に対する相互の評価は、「そんなことが書かれているとは知らなかった」というものだ。「お見事」とわたしたちは互いの手腕を賞賛したが、傍目には気味の悪い馴れ合いと見えてしまうはずだから、互いに実直に翻訳したと言い張り続けた。

三冊目で箍は緩んだ。彼が翻訳したのは、わたしの訳した『松ノ枝の記』であったから。タイトルを、『A Branch of the Pine Branches』と彼はした。『松ノ枝ノ枝の記』とでもなるだろうか。そこでは松ノ枝家が、松ノ枝ノ枝家へと変貌していた。自作の翻訳を翻訳しかえし、そこでは元々分家たちのものだったお話が、ひとつの分家のお話へと重ね描かれた。偶然と呼ぶか必然としておくべきか、わたしも同時にひっそりと、彼による一冊目の翻訳を翻訳し返す作業を進めていたのは言うまでもない。似ている、ということである。他人との異なり方が似ているということになり、どこか気持ちが塞いだものだ。孤独という概念は、概念として存在した時点で孤独から遠く離れてしまう。

三冊目の反省を受け、わたしは元から緩みきっていた箍を外した。彼の作の翻訳版を先に書こうと考えた。隠されていた原稿の翻訳として。そんなものは翻訳ではない。その通り。しかし彼があとから翻訳元の「原本」を、わたしの「翻訳版」から訳し直せば良いだけだろうと開き直った。外面的には、翻訳版の先行発表というだけになる。

しかし、という逆接はここにも矢張り登場しない。彼の方でも当然顔に、存在しないわたしの作の翻訳版を勝手に書いて提出したから。好事家にはとっくに知られている裏話だが、その年はじめのわたしの新刊は、実は彼の作からの翻訳である。翻訳の方が創作で、創作の方が翻訳という捩《ねじ》れが生じた。互いによくつき合い続けたものだと思う。

こうして話は、ようやく現在進行中の五冊目にまでたどり着く。そのおかげでわたしは彼を直接訪ねる羽目に陥り、今わたしの目の前には、空港の到着ロビーが広がっている。

四冊目の作業で大いに閉口しあったわたしたちは、次には互いに原本を送り合うという取り決めをした。初心に戻るということで、順当に原本と翻訳版の同時発表をすることにした。何か限定を設けなければ、孫悟空と六耳獼猴《ろくじびこう》の化かし合いじみて際限がなく、なにより疲れる。

松ノ枝からの原稿が届いたのが、ふた月前のことである。より正確には、届かなかった。

彼は五冊目の原稿を送ったという。

「自分の代表作になるだろう」

との宣言もした。

これが届かないのである。葉書はきたが、余程大部だという当の荷物は現れない。郵便事故ということもあるかも知れず、再送を頼み、今度は送り状の写しだけが虚しく届いた。手紙が数度行き交ううちに、松ノ枝の側の疑念は増した。わたしが彼の最高傑作を自分のものにしようとしているのではないかという。

あまりに不当な言い分であり、そんな略取は不可能だ。原本は彼の手元にあるわけだから争う余地が存在しないし、翻訳にせよ原本にせよ売り上げは左程変わらないから、四冊目の時のように、名前を入れ替えてしまったところで別に得することなどないのだ。

「ことは名誉の問題である」

と彼が寄越した気概については理解ができるが、裏を返せば、お前には決して書けないような傑作を書いたという宣言をされたも同じで、認めることはとてもできない。あんな妙な代物ばかり書き続けていて、何が最高傑作かと腹の底で虫が嗤《わら》った。

おそらく原稿はまだ、この世に存在しないのである。わたしが彼の裏をかいてやろうと考え続け、書きあぐねているのと同様に。

そう考えるのが余程妥当だ。もしくは書かないことを書いたのだとでも主張して、わたしを惑わすものに思えた。あるいは書きようのないものを書いてしまって、実際に書いたところまでは確かなのだが、書きえないものであるせいで、郵送の間に消えてしまうとかそんなあたりなのだろう。元々存在しないものを探し求めるわたしの行為自体が、彼の新作となるとかそんなところだ。

そのいずれもが、既にわたしが彼に仕掛けようかと検討してみて、棄却した案だったのは少し可笑しい。わたしの方でも五冊目として、白紙の紙束を送りつけてみようかという思案はしてみた。そこに文字を見いだせないのは彼のせいだと言い張ろうかとも考えた。そんな状況に困惑する彼自身を彼が描いたお話を、自分の新作なのだと主張している姿を想像してみた。

大変微妙なところなのだが、白紙を送る試みと、四冊目の作業の際に起こった出来事は似ていて異なる。わたしたちは四冊目をそれぞれ勝手に書いたのだが、この試みでは相手を動かし、書かせることを主眼としている。四冊目を、自分たちを登場人物とした話と見るなら、こちらの方では相手を登場人物にしようとしている。

これまでの経緯を振り返ると、わたしが結局捨てた手を彼が拾うのは異常な事態だ。鼓動がずれて自分の体に二つの心臓があったと気づいたように落ち着かない。何か見落としはないかと考え続け、結局わたしたちは異なる二人の人間なのだと思い直した。ようやく進む道の分かれる地点まで、自分たちを追い込む仕儀へ至ったということなのだろう。

だから、彼が訴訟をちらつかせても、わたしは特に驚かなかった。彼がわたしに、原理的に書くことのできない本を無理矢理に翻訳させようとしているのなら順当といえるなりゆきだし、単に頭の調子が狂っているなら、実地にあたり解決できる問題としか思えなかった。話がこう拗《こじ》れてしまうと、実地にあたらねば埒《らち》があかない。

今わたしの目の前には、空港の到着ロビーが広がっている。ほんの数時間の時差しかないはずなのに十時間近い飛行を終えた頭はぼんやりしたまま霧が晴れない。

スニーカーに半ズボン、ロングコート姿の化粧気のない中年女性が真っ直ぐわたしへ歩み寄る。わたしのほんの目先まできて、上目使いに凝っと見つめる。わたしは不審な女を無視してしばしロビーへ目を泳がせる。女はわたしを見つめ続ける。

「松ノ枝さん」

根負けしたわたしは尋ね、彼女は頷く。

「姉をしています」

と彼女は不思議な構文で言い、わたしはこの状況に仕込めるトリックはどんなものかと考えている。わたしの荷物を持ち上げて駐車場へ歩き出す女の背を眺めつつ、『松ノ枝の記』には彼の姉は出てこなかったなと考えている。

II

暗闇に歌が流れ続ける。

血だまりから蟻塚までを、蟻の列が繋いでいるのを聞いている。

黒く蠢《うごめ》く線の中、自分の祖父やそのまた祖父の姿を、こうして探しているのである。人は死んでも去りきらない。一度虫となってから、殻のあちら側へ生まれるのだという。

祖父やそのまた祖父の名前を彼は知らない。ただそういうものがいたはずだというのはわかる。自分がこうして生まれた以上、祖父やそのまた祖父たちもどこかで生まれたはずだと思う。今こうしている以上、自分が兎《と》に角《かく》、生まれたことは否定しようもないのと同じに。

死者のことは忘れ去るのが決め事である。

人の消えた哀しみに耐えられる者はいないのだから、二度と呼び出してはならないという。名前を口に出すのも駄目なのだ。だから、祖父やそのまた祖父の名前を彼は忘れてしまっている。名前を呼んで構わないのは、遥かな昔に死んだ者たちだけである。その姿や声を記憶する者がいなくなったら、存分に呼びかけ助けを求めることが許される。ただしその頃にはもう、相手が誰だかわからなくなってしまっているから、呼びかけ方はわからない。

それでもこうして耳を澄ますと、彼らの声が聞こえる気がする。

いや、聞こえない。音を選《え》り分け集中すると、それが何の音かがわかってしまう。オウムの羽ばたき、猿の叫び、蟻の足音なのだとわかる。肉を切り取る鋭い顎の閃《ひらめ》きこえる。七本右の低木の、天辺から三本目の枝の先から、葉が一枚落ちる音が聞こえる。左右に揺れて空《くう》を切り裂く音が聞こえる。

音の中に混じっているのは確実なのに、どの音なのかはわからない。その音なのだと決めてしまうと、音は何かの形に変じてしまい、自分の由来を作り出す。するりと逃げて他の音へ紛れてしまう。

近寄ると暗闇が森の形を真似てこちらを欺きにかかる様に似ている。叢《くさむら》が絡み合う蛇の群れに変ずるのに似る。

今の妻をはじめて組み敷いたとき、あたりの草は蛇に変じた。彼女が五月蠅《うるさ》げに腕を払うと居並ぶ鎌首は草へと戻り、彼の腰へと二匹の太い蛇が絡みつく。彼の背中へ蛙が飛び乗り、もう一匹があとへと縋《すが》る。相手の背中のくぼみに腕の出っ張りをしっかりと嵌《は》め、二体の蛙が一体になるのを彼は背中で感じている。そこまで待って体を揺すり振り落とす。一体となった蛙にあぶれた蛙たちが群がってきて、大きな団子へ成長していく。彼は彼女が、別の女へ変じたのを知る。

その季節、水辺では蛙たちが繁殖している。それを狙って蛇が群れる。その中へ人間の男女が割り込んでいく。蛇の毒は強力であり、毎年、死人が何組か生まれ、子供が生まれる。適切な水辺がみつからない年もままある。

昨晩妻は森へと出かけ、そのまま手ぶらで静かに戻った。ほんの微かな足音が、張りだしていた大きな腹がぺたりと凹んでいるのを知らせた。年々脚の動きが鈍くなり稼ぎが減ってきている彼としては、彼女がそうしてくれて良かったと思う。勿論、彼女が子供を連れ帰ったら、そちらが良かったと感じたはずだ。妻が嬰児を押し込んだのは、今自分が耳を澄ませる蟻塚だろうかと思う。ならば祖父やそのまた祖父が、また蟻の姿をまとい、嬰児を連れにくるのではと思う。そうなることを、自分が欲望しているのを知る。

森から戻った女たちの去った暗闇の中、後産と蟻塚を繋ぐ足音を彼は静かに聞いている。

もしも獲物がはるか遠くにあったなら。

蟻は獲物をみつけられない。獲物に行きつく前に空腹で死んでしまうのならば、獲物まで辿りつくことさえできない。

蟻たちが鋭い顎で嚙み切った肉を順繰りに渡していく音を彼は静かに聞いている。そのやり方なら、どれほど遠くからでも獲物を巣に運ぶことができるだろうと考える。巣に蓄えた肉を順に送って空腹を満たしつつ進み、一匹だけではたどり着けない地点に達し、そこに大きな肉塊を見る。肉を送る方向が逆に転じて、再び肉は蓄えられる。

そのやり方でも、辿り着ける距離には限界がある。新たな巣を先へ先へとつくらぬ限り。肉はどこかで食い尽くされる。先へ先へと進むうち、いつか元の巣は忘れ去られる。

先へ進めば戦いがあり、先日の大きな戦いでは、こちらにも相応の損害が出た。

この地を守る奴らは体格も良く、膚《はだ》も髪の色も濃い。言葉もあまり通じない。森には身の丈が大人の倍ほどもある獣があってこれも手ごわい。毛に覆われた太い腕が素早く動き、鋭い爪が肉を抉《えぐ》る。ナイフは汚れた毛の上で滑り通らない。獣はこめかみに槍を突きたてたまま、男を一人八つ裂きにしてゆっくり森へ帰っていった。

彼らは長い距離を移動してきた。移動していく。彼自身にはどこまでを移動したのかが誰だったのかよくわからない。どこまでを移動するのが自分なのかもわからない。祖父やまたその祖父が歩いた土地を、彼は何故か知っている。その地の言葉を知っている。孫やそのまた孫が渡った海を、彼は何故か知っている。哀しげに歌う奇妙な女を見たのが誰だったのか、彼は知らない。その女は、彼の体の下で妻が変じた女だったと何故か感じる。

なにゆえか、と彼は思う。

なにゆえ、どの地へ辿りついても、自分たちの知らない奴らの姿があるのか。忘れられた民たちが、こちらのことを忘れて先回りに暮らしているのか。こちらの知らない言葉を喋るか。

自分は正しく蟻だと思う。蟻であるなら、自分はもう死んでいるのかと思考は溢れ、まだそんなことはなかろうと思う。

歌が聞こえる。そこにはかつて誰かの聞いた、奇妙な女の言葉にならぬただの旋律も含まれている。

彼の妻が、彼について歌い続ける。彼には身に覚えのない、彼の事績について低い声で歌い続ける。自分はそんなことをしたのだろうと彼は思い、実際にそんなことをしたと思い出す。彼の名を織り込んだ歌を今はまだ歌う。いずれ彼が姿を消せば、彼女は歌から名前を消去し、ずっと昔の人物についての歌としてそれを歌い続けることになるだろう。

暗闇の歌にか細く混じる、奇妙な女の声と同じに。

III

〝内海へ伸びた半島が抱く湾の奥詰まり、松林を背に鏡面の海へと臨む松ノ枝の家へ戻った長男は、宏壮な屋敷を守る門の傍ら、今正に旅支度を終えたばかりの自分の姿を見出した。かつて旅立とうとする長男の前にも、こうして浜を上った男が立ったのである。訊くと姉の息子だという。その朝、庭の松の枝が一斉に東を指し示し、男の帰還を知ったと応えた〟

わたしの訳した『松ノ枝の記』にはそうある。

彼女の運転する車の窓から南半球の植生に散漫に視線を投げつつ、わたしはその光景を思い出す。確かに内海は静まり返り波はほとんど目につかない。海面は鞣革《なめしがわ》のように光を返し、ひたすら平らに広がっている。ぽつぽつと浮かぶ島々にも山容と呼ぶほどのものは見当たらない。床面へ布をふわりとおいた程度の隆起しかなく、島は海へ溶け込んでいる。

船の姿の全く見えない海面に、直立した人影がぽつりと浮かぶ。わずかに櫂《かい》を動かして滑るように移動していく。わたしの視線を追った彼女がパドルボードだと教えてくれる。サーフボードほどの板を足場に、まるで瞑想者のように、海へと立って進むのだという。

「実際のところ」

わたしは尋ねる。

「『松ノ枝の記』はどの程度本当の話なのですか」

彼女は首をわずかに傾げ、自分はその本を読んでいないという内容を、強い訛りを伴いつつ言う。

「自分には日本語は読めないから」

「わたしの訳した『松ノ枝の記』ではなくて、弟さんが書かれた原本もお読みになっていない」

今度はどちらの『松ノ枝の記』のことかと訊かれる。『松ノ枝の記』か『松ノ枝ノ枝の記』かということだろう。どちらでも、とわたしは答える。どちらでもということはないだろうと彼女は真顔で指摘する。二つのお話はまるで異なる。

「大体同じお話ですよ」

わたしはこれまでも何度か繰り返してきた応答を口にしながら、左右に軽く頭を振る。

「全く別のお話に見えたけれど」

彼女はこだわる。

「それはまあ、挿話の細部や、大枠の組み立ては異なるわけです」

言ってみてから、それではまるで違ったものに聞こえるだろうと苦笑を浮かべる。

「でもこう、折りたたみ方の問題なのです。『松ノ枝の記』が大風呂敷なら、『松ノ枝ノ枝の記』は、風呂敷を畳んで透かし見た形をしています。細かな筋も混ざってしまっているわけですが、相互に対応は残っています」

「あなたが挿入した要素も多くあったはずでしょう」

それは恐らく。細かなニュアンスがとりきれないところも多くあったし、ふんだんに含まれる言葉遊びは随分自由に展開してみた。こっそりと忍び込ませた要素も多いし、無意識がどこまで何を仕掛けたか、無意識だけに知りようがない。

「どちらかというと」

彼女は右手の中指で額を押さえる。

「あなたが原文を無視して繋いだ箇所の方が、より真実に即しているかも」

わたしは頭の中で経緯を整理し直す。まず松ノ枝自身の手になる、『松ノ枝の記』オリジナルが存在する。その翻訳版として、わたしの『松ノ枝の記』が現れる。その翻訳版として『松ノ枝ノ枝の記』が現れて、彼女は、オリジナルの『松ノ枝の記』と、『松ノ枝ノ枝の記』を読んでいる。AとA′とA″が存在し、彼女はAとA″の内容を知る。

「その改訂は、弟さんの手になるものでしょう」

別に責任を逃れるつもりはないが、そう言っておく。お話がすり替えられる隙は、AとA′の間と、A′とA″の間にあって、前の隙間でわたしが何かの足し引きをし、後ろの隙間に彼が何かを差し込み、別の何かを消去した。

「どうでしょうね」

と彼女は中指の先を眉の間に挟み込む。

「わたしが比べているのは、AとA″だけど、あなたが比べているのはA′とA‴とでも呼ぶべきものだし。あなたにとっての真実は、A′とA‴の中にあると考えるのが自然な気がする」

彼女の返事は耳を流れて、話がどうも食い違っている雰囲気だけが伝わってくる。わたしは、わたしと彼の間の引き算を考えているが、彼女は彼女の言葉の中での引き算と、わたしの言葉の中での引き算とを考えていて、更には両者の差を考えているというあたりだろうか。

「記法《ノーテーション》が悪いのじゃないのかな」

と彼女は言いだし、わたしは、記法、と耳にしたまま繰り返す。書き方のこと、と彼女は応じ、

「A、A′、A″、A‴とか言っていてもよくわからない。表現をもっと整理するべき。要するに写像があるわけでしょう。あなたの読み方や翻訳をfとして、弟の読み方をgとすれば、A′=f(A)で、A″=gf(A)になる。A=g(A)は成り立つと思う」

「わかりませんね」

と答えるのは、彼女が何を言いだしたのかがわからないということだ。わたしは両手を挙げてみせ、率直なところを明かす。

「数学は苦手なんですよ」

「これは数学なんかじゃなくて、ただの言い方」

それでもやっぱりわからない、とわたしは肩をすくめて尋ねる。

「そんなことを考えて、一体何の役に立つのです」

彼女は一つ二つと瞬きをして、

「何故あなたは、自分には、役に立つ知識を受け取る資格があると思うの」

そう笑い、わざわざ不正確な翻訳をして喜ぶような人なのにと続ける。それは全くその通りだが、わからないものはわからないから仕方がないとわたしは応じ、話が面倒になる前に方針の転換を図ることにする。

「実地のすりあわせからいきましょう。個別の出来事を具体的に確認していけば良いだけです。彼が小さな頃、海で溺れたというお話は」

彼女の方も自分の言いだした記法なるものにこだわるつもりはないらしく、素直に頷く。

「真実ね。段ボールで船を作って」ハンドルへ戻した右手の人差し指を小さく上げて海面を指す。「対岸まで渡ろうとして失敗した。フェリーもあるのに」一拍置いて、「ただの板、発泡スチロール、トロ箱、丸太、そうしてやっぱり段ボール」、と歌うように続けていく。彼がこの静かな湾を横切るのに失敗し続けたと記されている船の素材だ。

「泳げなかったというのは本当ですか」

「本当。毎回本気で溺れてた。最後には両親が音を上げて、小さなヨットを一艇与えた。触れようともしなかったけど」

「このあたりの地形に、世界地図に出て来る地名をつけていたというのも」

「真実ね」ハンドルから浮かべたままの人差し指を、左手前方に姿を現しつつある砂《さ》嘴《し》へ向ける。「あれがアフリカの角」一拍置いて、「アラビア、喜望峰、マゼラン海峡、スカンジナビア、スエズ、パナマ、マレー、ユカタン、アラスカ。あちこちに勝手に名前をつけて冒険がてら遊んでいたみたい」

「あなたも一緒に行ったのですか」

彼女は小さく首を傾げて、口の中で言葉を選ぶ。

「彼から話を聞いただけかな。ずっと一緒に育ったわけじゃないから。とても大きな家だったのよ」

「じゃあ、その冒険自体、彼の作り話だったという可能性も存在している」

「そうね」

と彼女は素直に認める。

「でも、島の反対側の誰かの家から、車で送ってもらったこともあったかな。でもそれも、誰かから聞いた話だったのかも」

「放浪癖があったというのも」

「島をずっとさ迷っていただけ。放浪癖というか、あれは迷子。家にいてもいつも迷っていて、自分がどこにいるのかわかっていない。いつの間にか犬小屋で寝ていたりね。迷うという考え方自体がなかったのかも」

「彼は今、家にいないというのは」

彼女はわたしをまじまじと見つめ、

「本当よ」

と短く答える。あそこ、と彼女に促されて目を上げると、弧を描く海岸線の奥詰まり、松ノ枝屋敷が小さく姿を見せはじめている。

オリジナルの『松ノ枝の記』に従うならば、初代松ノ枝がこの地に入植したのは十六世紀。ジェームズ・クックが太平洋を手当たり次第に探検したのが十八世紀の出来事だから、これは伝説か創作の中の出来事と考えて良い。オランダ東インド会社が設立されるのでさえ十七世紀。ヴァスコ・ダ・ガマがインド航路を開いたのが十五世紀の末である。

伝説中の初期松ノ枝家は、この地に根づくことがない。交易に出掛けた船が戻ってみると、造営しかけの拠点には誰の姿もなかったという。拠点が荒らされた様子は見えず、広間に残された机の上では食事の用意がされたままに干乾びていた。

島には先住の民があったが、入植者たちとは距離を置いていたらしい。すみやかに使者が立てられ、身振り手振りで交渉し、何とか意を通じるを得た。共同の捜索隊が組織されたが、失踪者たちの形跡は全く見当たらなかった。捜索の打ち切られた夜、先住民は焚火を囲み、島に住む見えない巨人について語ったという。巨人は自分たちが訪れる前から島におり、目撃した人々を残らずさらう。もっとも、見えない巨人であるから、目撃したかは当人たちにも知れないのだと、古老は語ったらしいとされる。らしいというのは、身振り手振りと棒切れで地面を引っ掻く絵からでは、問うにしても答えるにせよ、自ずと限界というものが生じたからだ。

かくて第一次の植民は破れ、第二次の植民が行われるのは十八世紀の出来事となる。また同じ松ノ枝の一党が、と『松ノ枝の記』はつらりと記す。

かつての松ノ枝屋敷の土台の上に、新たな松ノ枝屋敷を築いたという。やがてその地を中心として徐々に人が集まりはじめ、森は拓かれ、羊の群れが放たれて、軽便鉄道が敷かれるに至る。琥珀《こはく》や翡翠《ひすい》が次々山の中から運び出されて、貴石を求める人々で町は賑わう。特に琥珀はあり余り、燃料として用いるほどに産出された。次々に発見される鉱物資源の増産が新たな港を要請し、松ノ枝屋敷は人心の中心としての役割を終える。工業主体の十九世紀が終わりへ向けて進むにつれて、島はまた落ち着きを取り戻していく。

「本当ですか」

とわたしは尋ね、

「概《おおむ》ね」

と彼女は答える。

「十六世紀の入植は兎も角として」

「それもまあ、わからない。屋敷の土台を調査にきたり、あたりの人たちの血液サンプルを求めてやってくる人もいるから。結果は今のところ否定的《ネガティブ》だけど」

「CROATOAN」

わたしの問いに彼女は頷く。

十六世紀最後の四半期、新世界ロアノーク島。エリザベス一世の寵臣《ちょうしん》、サー・ウォルター・ローリーは、新世界に英国初の植民地を築く。「CROATOAN」は、消息を絶ったロアノーク植民地に残されていた二つの単語のうちのひとつだ。砦そばの木の幹にぽつりと刻まれていたといわれる。

ロスト・コロニー・DNA・プロジェクトは、現代に残るロアノーク関係者の子孫のDNAから、植民地からの失踪者の行方を求める試みとして進行している。結果が出るのはまだ先だが、植民地の人々は全滅したわけではなく、同地に血を残した公算があるらしいとは聞く。

「ロアノークものですか」

わたしは座席に背を埋め直し、あまり興味を惹かれないことを控えめに示す。その人目を引く状況から、ロアノークを題材とする創作物は既に多くつくられており、素材としての新味に欠ける。

「まあこちらは、記録も残っていないただの伝説だから。誰かがあとから作ったお話なんだと思う。土台の調査の結果は先住民の据えた土台だろうということになったらしいし」

こちらも興味なさげに彼女が言う。

気根を絡みあわせた二本の大木に挟まれた門を過ぎ、彼女は車寄せに横づける。正面扉を掻き抱くように翼を伸ばす巨大な屋敷は目につく窓のあちこちが破れ、壁も一部崩落している。この調子では床の落ちた部屋もありそうだ。蔦《つた》の侵食を逃れているのは、海から吹きつける風のせいだと思われた。廃墟と呼ぶのが適当で、庭の手入れも行き届かず、一人か二人の人間が細々と通うらしい道だけが、かろうじての秩序を見せる。

「彼から何かことづては」

助手席から降りたわたしは車の屋根に腕を乗せ、問う。彼女は先を揃えた長い髪を揺らし、不思議そうな目をわたしに向ける。

「あなたの英語はよくわからない」

彼女は訛りの強い英語で今更そんなことを言いだし小首を傾げる。

「ちゃんと伝わっているのかな」

「伝わってますよ」

とわたしは答えてみるものの、この状況は滑稽だ。ちゃんと伝わっているのかがわからないなら、本当は伝わっていないと伝えることもできないはずだ。

名刺大の紙を胸ポケットから取り出して、わたしへ向ける。

「CROATOAN」と彼女は区切り、「彼からのことづてはそれだけです。部屋では好きにして頂いて構わない、と」

わたしの頭に引き起こされる混乱は、言葉の違いによる伝達の曖昧さによるものではない。その言葉を先に持ち出したのはわたしの方で、彼女の発言の文脈を取り違えたわけではないのだから。

IV

屋敷の玄関ホールには、エレモテリウムが待ち構えていた。

全長六メートルに及ぼうかという巨大な骨格標本は、支えの巨大な鉄柱を抱いて半ば立ち上がり、空っぽの眼窩《がんか》でこちらを見下ろしている。天窓から差し込む七色のくすんだ光が大理石の市松模様へ落とす影にわたしは踏み込む。

「エレモテリウム」

思わずそう呟くわたしに、扉を閉めて灯りをつけた女が振り向く。

「よく御存知ね」

そこに、とわたしが指さす先には、鉄柱の土台に埋め込まれたプレートがある。そこにそう、書いてある。わたしにメガテリウムとエレモテリウムの差などわかるはずがない。

「ナマケモノ亜目、メガテリウム科、エレモテリウム」

わたしは表記を読み上げる。

「更新世に生きていました」

女は不意に学芸員じみた口調になり、こちらも記憶を探りつつ、調子を合わせて観客として訊いてみる。

「更新世というと」「第四紀ですね」

「第四紀というと」「新生代ね」

「新生代というと」「顕生代」

とりつく島のないまま名前だけが虚しく続き、わたしは肩をすくめて降参する。ただの名前の連鎖があるだけだ。

「昔ですね」

「それは当然」

「こいつが人間と戦っていた」

「そうね」

とすげない。解説役はちっとも役目を果たすつもりがないらしく、わたしも一緒に黙り込み、仕方がないので既に錆びついている記憶を探る。顕生代はいわゆる生き物らしい生き物が出現した時代にあたり、新生代は恐竜がほとんど滅び、哺乳類が繁栄をはじめる時代にあたる。第四紀は人類の時代。もっともここで言う人類とは、今のわたしたちだけを意味していない。第四紀のはじまりは、ヒト属の出現により定められていたはずだ。更新世は、うち一万年前程度までの時期を指す。もっとも地質学的な時間の名前はとても激しく変動するから、これらの用語が現用されているのかまでは自信がない。それでも、少し前まで更新世は洪積世と呼ばれていたはずだから、女はそれなりの知識を持っていると考えるのが順当である。自分がどうしてそんなことを知っているかは思い出せない。

北米のエレモテリウムは、南米のメガテリウムと並ぶ巨大な獣だ。ほぼ一万年前まで地上を歩いていたということで、マンモスあたりと同じ時代を生きていたということになる。ナマケモノの親戚というと、どこか侮る気持ちが湧くが、アフリカを出た人類がアリューシャン列島を渡り終え、北米へと拡散していく際に意外な時間を要したのは、こいつのせいだという説を聞いたことがある。マンモスと同じく草食の獣であるわけだが、その体格は矢張り脅威だ。全長にして六メートル、体重が三トンに及ぶ個体もあったという。

凶暴だったのかは無論知られず、知りようもない。確実なのは骨があったという事実に限られ、現在残る生き物との類推からおおまかな推測ができるだけだ。実は蛍光ピンク色の毛皮を着ていたのかも知れないし、眼窩としか見えない穴には触手が収まっていたかも知れない。脳は頭にではなく、腹部にあったかも知れず、頭が尻尾で尻尾にしか見えない方が実は頭だったのかもわからない。無論そんなことはありそうにない。似ている、ということだ。今の生き物に似ているお陰で、なんとか生き物だろうとわかり、突拍子もないものではないという説に説得力が付与される。

「第四紀というと」

漠然としたわたしの問いに女はこちらの顔を見つめて、どの程度の精確さが期待されているのか迷う目をする。わたしが軽く手を振るのを待ち、

「おおよそ二百五十万年前あたりですね」

と、大まかな数値を上げてくれる。ヒト属の起源については議論が多く存在し、いついつという厳密な数値を期待するのは無理だということくらいは承知している。これが二百四十万年前でも、二百万年前でさえ、わたしには実感の湧きようがなく、こだわりの抱きようがない。十万年という年月はあまりに漠然としすぎていて、とらえどころがなさすぎる。地球の歴史を記した年表上で十万年ずれた地点を指せば、現生人類は存在していないかも知れないのだと考えると、これはとても奇妙な心理なのだが、上手く考える方法は思いつかない。数万年という隔たりはただ物だけが語ることのできる時間で、わたしには物の言葉がよくわからない。

「ホモ・ネアンデルターレンシスとホモ・サピエンスは同じ時代に存在していたはずですよね」

女が黙って頷くのを待ち、尋ねる。

「ホモ・ネアンデルターレンシスとエレモテリウムはどっちが長く生き延びたのでしたか」

「エレモテリウムが絶滅したのは一万年前あたりだから、ホモ・ネアンデルターレンシスよりもあとまで生きていた計算になりますね」

「どのくらい」

「ホモ・ネアンデルターレンシスが滅んでから、一万年程度は地上にいたはず」

なるほどね、とわたしは口の中で礼を言いつつ、巨大な骨格標本の裏へと回る。子供の胴ほどもある後ろ足を、指の関節でこつこつ叩く。

「複製ですね」

「それは当然」

女は答える。

わたしは改めて玄関ホールを見回してみる。左右に伸びた館の両翼へ繋がる廊下は素っ気ない木製のアーチに支えられ、骨格標本の奥には古びた絨毯《じゅうたん》の敷かれた大階段が伸び、正面のこれも巨大な肖像画にぶつかり左右に分かれる。骨格標本の下に転がる涙滴型の硝子玉へ目を留め視線を上げると、天窓のくすんだステンドグラスに挟まれて、埃をかぶったシャンデリアが尾羽を打ち枯らした風情で下がる。既に機能するのをやめて久しいようだ。

壁面沿いには硝子ケースと陳列棚が左右対称に配置され、これではまるで博物館だ。位置を変えずに頭を順に巡らすだけで、膨大な数の鏃《やじり》や石斧、槍先に網、櫂に硬貨に毛皮に骨に、木の枝で編まれた航路図《スターチャート》と、雑多なものが次々目に飛び込んでくる。分類の基準は不明だ。

「散らかっていて御免なさい」

全くすまなく思っていない声音で女は言う。

「これも」

と曖昧に手を振りホールを示し、複製ですかと尋ねるわたしに女は頷く。

「ほとんどは、わたしが作ったものです」

わたしは陳列棚に歩み寄り、太い帯の絡み合った図案が彫刻された扉を開け、石斧を取り出す。磨かれた石に穴があけられ、木製の柄が蔦で結びつけられている。二、三度振って、形だけの複製ではなく実用できる出来だと確認する。

「何の為に」

「他に書く方法がなかったからです」

「書く」

とわたしは繰り返す。

「でも、こんなものでは全然足りない。あなた一人でも足りないのだけれど」

女は身を翻し、階上へとわたしを導く。

V

屋敷の玄関ホールには、巨獣が待ち構えていた。

わたしは激しい既視感に襲われ、巨大な骨格標本の前で立ち尽くす。松ノ枝はここにきたことがあるはずだという確信がわたしを襲い、ここは松ノ枝の屋敷なのだから当然だという認識があとから遅れてやってくる。『松ノ枝の記』にこんな記述があっただろうかと記憶を探るが、思い出せない。なかったはずだと知ってはいるが、それが翻訳の間に紛れてしまったのではないかと不安が浮かび上がってくる。これほど目立つ標本を見逃すはずはないとわかっているのに、不安は明確な姿をとってそこに聳《そび》える。

「メガテリウム」

恐竜とは明らかに異なっており、しかし哺乳類としては巨大すぎる骨格を前に、わたしはあてずっぽうを言ってみる。

「エレモテリウム。北米大陸でのメガテリウムの親戚ね」

彼女は巨獣を従えるように、鉄柱を抱く標本の傍らに立ち、台座に嵌め込まれたプ

レートを示す。何やらラテン語らしきものが並ぶところまでしかわからない。彼女は学芸員のように背筋を伸ばし、

「更新世《プライストシーン》の生き物。北米大陸へ拡散しようとする人類を、数百年間押しとどめたとも言われています。ネアンデルタール人よりもあとまで生きていた」

時代を示すらしいその単語が何を示すか、わたしは知らない。そういえば古代には巨大なナマケモノがいたと何かで読んだことがある。大懶獣《だいらんじゅう》と訳されたはずだ。

「どこかで聞いたことがありますよ」

そう、と彼女は首を傾げてわたしの目を覗き込む。わたしはその視線を避けるように彼女の横へ歩み寄り、触っても良いかと尋ね、複製だからと彼女は答える。

「これと人間が戦っていた」

わたしは台座へ足をかけ、鉄柱にしがみつく巨大な腕へ手を伸ばす。野太く鋭い爪が柱に刻んだ深い溝へ指を沿わせる。怪獣だなと思うのだが、対応する英単語が出てこない。こちらを覗く巨獣のこめかみあたりには、一筋はっきり槍跡がみえる。

屋敷には雑多な遺物が無秩序に溢れあたりを埋め尽くしている。左右に伸びる屋敷の翼への入口には、マオリ風の絡み合う波のような幾何学模様が刻まれたアーチが据えられ、正面大階段の突き当たりには、顔の部分が切り裂かれた大きな肖像画が架け

られている。

「書けますか」

と彼女はどこか虚ろな声で、唐突にそうわたしに尋ねる。尋ねる相手がわたしなのかと不審が襲うが、ここには古代の抜け殻以外、彼女とわたしがいるだけだ。松ノ枝が翻訳するはずの五冊目を書けるかということだろうか。わたしは別に何かを書きにやってきたのではなく、どちらかといえば読みにきたのだ。

「書けますか」

と彼女は訊ねる。わたしは、これをかと問うようにエレモテリウムへ目をやって、彼女は、これをだと言いたげに、ホール全体へ両手を広げる。自分にエレモテリウムが出てくるようなお話を書けるだろうかと考えて、公算は低い。骨格ならば書けるだろうが、実体は無理だ。どうしても馬鹿げているという気持ちが先に立つ。こんな獣がお話の中に登場したら、読み手もそう感じるだろう。全長六メートルに達する獣と原始人の戦いを、本当に書くことなどはできそうにない。

勿論無論当然ながら、ただ書くことはいつでもできる。豹皮の腰布をまとい、覚束ない手つきで石器を手にし、がに股で歩く男たちを。野太い首は短く、身長は低く、両眼は離れ気味に置かれている。伸ばし放題の髪と髭、女性は胸を露わに全裸の子供に授乳を施し、洞窟の中で焚火を囲み、消し炭で壁に絵を描く。獣じみた咆哮を上げ、気に入らぬものを片っ端から殴りつけ、素手で肉を引き裂きむしゃぶりついて、口を真っ赤に染め上げている。

そんな姿を書くことはできる。しかしそんな光景が、実態とかけ離れたものであるのは疑いない。たとえネアンデルタール人であっても、そんな描写には苦情を寄せてくるだろう。疑いはないはずなのに、他の光景が浮かんでこない。

「更新世は氷河時代でもあった」

彼女はホールの壁に飾られた毛皮製のジャケットを指す。縫製とまではいかないが、充分既製品として通用する出来とわたしには見える。豹柄の腰布なんてものでは、何世代にもわたる寒冷期をとても耐えきれなかったはずだ。今はいないというだけで、エレモテリウムは胡散《うさん》くさい気配をまとう。骨格標本として展示される分には良くても、肉をつけ、皮を着せた時点でつくり物めく。まるで骨が本物であり、肉は偽物であるように映ってしまう。

「でもそれを言うなら、ライオンや象が出てくるお話だって近頃めっきり減りましたよ」と指摘しておく。

ジャングルブックやターザン・シリーズを今改めて書くのは困難だろう。

「当時とは動物の数が違うもの。勿論、動物の数を減らしたのは人間が地上に拡散したせいだけれど」

「産めよ増やせよ地に満てよ」

呟きながら、厚く埃の積もったホールをわたしは見回す。生活を示す足跡の並びが、大階段へと獣道のように伸びている。ふいとそこから外れて、棚へ向かう足跡がうっすら浮かぶ。

「書くことは多分できるでしょうね。荒唐無稽なお話として」

「あなたのマスクのお話みたいに」

不意にそう彼女が言うのは多分、松ノ枝の訳したわたしの短篇の一つだろう。

そこには、依頼人と二人の登場人物がある。依頼人は、弁護士と会計士の間をたらいまわしにされており、二人の言動に振り回される。ある時、同じ弁護士が二人並んでいる姿をみかけて、依頼人は、実は弁護士が会計士であり、会計士が弁護士であると気がつく。指摘をされた弁護士は、ベリベリと顔の皮を剝《は》ぎ、下から会計士の顔が現れる。あまりに直接的な告白に驚く依頼人の前に、同じ顔の会計士が現れ、こちらもベリベリと顔の皮を剝ぎはじめ、下から弁護士の顔が現れる。二人は互いに顔を見合わせ、同時にまた顔の皮をベリベリと剝ぐ。会計士は弁護士に戻り、弁護士は会計士に戻り、どうだと言わんばかりの二つの顔を依頼人へと向ける。どうだと言われてもと依頼人が戸惑う間にも二人はベリベリと顔の皮を剝ぎ続け、弁護士は会計士に、会計士は弁護士にと変わり続ける。

ただそれだけの話なのだが、そうなったのは松ノ枝の翻訳のせいである。松ノ枝は、ベリベリと顔の皮を剝ぐというのがえらく気に入ったものらしく、描写を大幅に水増しし、そこから続いたはずのそれなりに正気な落ち着きどころを削除して、ひたすらベリベリと皮を剝いでいくだけの話にしていた。わたしとしても流石《さすが》にそれはどうかと思ったのだが、読み進めるうち、筋も何も関係なしに、ひたすらベリベリと皮を剝がし続ける描写がひどく面白いものに段々思え、そのままで良いだろうという気分になった。

「それと古代を描くのとに、一体どんな関係が」

彼女はわからないなら仕方がないと言いたげに肩をすくめる。このままつき合い続けてもどうも埒があきそうになく、わたしはまた違った球を投げてみる。

「ここはコリヤー兄弟の家に似ていますね」

わたしはポケットに手を突っ込んで、探偵よろしく彼女の正面へ向き直る。

コリヤー兄弟は、侵入者を撃退するための罠を目一杯にしかけた家に、二人きりで引き籠ったことで知られる。最終的に二人とも、自分の仕掛けた罠にかかって命を落とし、踏み込んだ警官数名も罠にかかった。ただしこの屋敷は、罠にではなく嘘や複製に塗り固められているところが異なる。ここはおそらく松ノ枝屋敷ではないのだろうと、特に根拠のないまま思う。

「あなたは彼をどこに隠したのです」

わたしは尋ね、彼女は薄い笑みを浮かべる。わたしは彼の姿を知らない。著者近影や、わたしの代わりにインタビューに答えた人物は男性だったが、そんなものはいくらでも誤魔化しがきく。彼女が本物の彼なのかという問いは不思議と頭に浮かばない。そんなことはありえないという感覚器のお告げにわたしは従う。

わたしを迎えに現れた以上、彼女は彼とわたしの通信を中継する立場にはあったということになる。五冊目を隠蔽したのは彼女なのかも知れないし、わたしをこの地へおびきよせたのも彼女の思惑なのかも知れない。

彼女は薄ら笑みを浮かべたままで、

「伺いましょう」

と静かに応え、特に先の考えもなかったわたしは言葉に詰まる。仕方がないので、一応のところを言っておく。

「『松ノ枝の記』には、彼の姉は登場しない。登場するのは彼の伯父の姉にすぎない」

「『松ノ枝の記』には、彼の手紙を中継する人物も登場しなかったはずです。非出現は非存在を意味しない。書物にその書物自体の紙質が記述されることもほとんどない」

　こちらの考えそうなことなどは、彼女の側でもとうに考え尽くしていたらしい。彼からの手紙はいつも同じ筆跡で綴られていたことを思い出す。彼女がどこかの時点の手紙の書き手であったなら、彼女は最初から彼とわたしの間に存在していたことになる。彼女はわたしの表情の変化を観察しながら続ける。

「あなたたちは真実だけを書くわけではないでしょう。真実だけを書くわけではないのに、真実さえも書ききれない」

　明らかに責める口調でそう言い、わたしへ向けて問いかける。

「今の人類が登場してからの年月を御存知ですか」

「二十万年、三十万年、そんなところでしょう」

　彼女は頷き、

「それでは現存する最古の文章は」

「シュメールの粘土板あたり。せいぜい五千年前というところだったはず」

「現存する最古の絵画は」

「正確には知りませんが、ショーベ洞窟の絵画でようやく三万から四万年前」

「それまでの何万年という歳月、あなたがたは一体、何をしていたのです」

わたしは突然の糾弾に息を飲み、何かを弁護しなければいけないという焦燥感に襲われる。

「文字がなかったんだ。記録もない。何もない。書きようなんて存在しない。わたしたちには、自分たちの先祖が対面したはずのエレモテリウムの毛皮の色さえわからない」

何かに急き立てられて叫びつつ、わたしはホールへ腕を広げてみせる。石器が、鏃が沈黙している。物たちは個別の人間について語らない。ただ人類についてひそやかに語る。何十万年かに及ぶ人類の歴史。うち、記されたのはせいぜいほんの直近一万年に満たない部分にすぎない。絵画を入れても数万年。人類の歴史が数十万年。わたしたちには数十万年に及ぶ記録以前の人間の書きようがない。

「無理なんだ」

「違うのです」

と彼女は急にすまなそうな表情を浮かべ、些《いささ》か正気を欠いた内容を真顔で語る。

「別にわたしは、あなたたちが文字を発明しなかったことを責めようとしているわけではないのです」

「当たり前だ。そんなことを責められても困る」

「あなたたちは何故忘れてしまうのです」

「文字がなかったのだから仕方がない」

「違うのです」

と彼女は出来の悪い生徒を諭すようにそう繰り返す。わたしを見据えて姿勢を正し、こう尋ねる。

「あなたたちは、何故、旅をやめてしまったのです」

VI

観念から増大、増大から膨張、膨張から展開、展開から思考、思考から記憶、記憶から意識、そして欲望。

はるかな未来といずれ呼ばれることになるいつかの時間に、宣教師R・タイラーによってマオリの伝承として記録されることになる創造の歌を彼は頭の中に聞いている。眠りを誘う単調なフレーズの繰り返しを耳にしている。彼にはまだ未来というあやふやな言葉はないし、過去という得体の知れない言葉も持たない。勿論日月星辰は存在しており、それらはひどく具体的な数字を示す。それでも何かを持たないということは言えるのだった。まだ自分がはっきりと指し示すことのできない何かを知っているということは知っており、指し示そうとすると逃れてしまう。

彼は抽象思考ができないのではなく、抽象物はまだ具体物を固く包み込んでおり、具体物との区分がはっきりしない。やがて抽象物の収まる空虚を陰画のように彼は見つめる。

世界は、蔦から生まれた形のない蛆《うじ》や、境界線のない海から生まれた。はじめに聞いたときは互いに異なることを述べるようで混乱したが、同じことを示しているとやがてわかった。

創造者が殻から生まれたように、全てのものは殻を持つ。空と海との境界は殻の一つだ。それさえ最大の殻ではなく、人の知識を越えて殻は広がる。男性の殻は女性であり、女性の殻は男性であり、大人は子供の殻であり、子供は大人の殻である。木は一つの殻であり、枝という名の殻を生み出し、葉という殻を分離していく。種という名の殻を作って、すると種は木の殻である。繰り返し歌われ続けるように、全ては殻からできていて、この世の全ての殻を挙げ切ることは誰にもできない。こちらとそちらは分かれており、一見分かれているようにしか見えないのに、殻の内部で通じ合い、相互に相互を包み続けて、増大して膨張して展開していく。

蟻塚へ埋められた自分の子の内側には蟻塚があり、そこにもまた自分の子供が埋められている。そういうことになっているのに違いない。何かと関わりを持つとはそういうことだと、彼は長い時間をかけて学習してきた。

彼は長い道を歩き続けた。それが実際に自分の歩んだ道なのかは問題ではない。彼は彼自身の知るはずのない地名の空白を思い浮かべる。それは後に、アフリカと呼ばれる土地の収められる空白であり、アラビアと呼ばれる空白であり、シルクロードと呼ばれる空白であり、アリューシャン列島と呼ばれる空白であり、北米大陸と呼ばれる空白であり、メキシコと呼ばれる空白を経て、南米と呼ばれる空白を移動していく長い旅路だ。そんな空白がひと連なりに、空を形作って殻を形成していくのを彼は見ている。

後にオセアニアと漠然と呼ばれることになる巨大な空白を彼は見ている。彼にはそれを捉える観念があり、増大があり、膨張があり、展開があり、思考があり、記憶があり、意識があって、欲望があった。

反対の声はまだ強い。

誰も戻って来た者がないからだという。

まだ南に土地が広がるではないかと問われる。人はどこにでもいるのだと彼らは答える。そんなことはありえないと彼は言う。まだ行けるところはあるはずだと言う。数人の男が頷き、女が頷く。

彼らの前にはのちに泰平の海と呼ばれることになる空白が広がっていて、以前に溺れて死んだ彼や彼女の声が波には混じる。これから溺れていく者たちの声が波に混じり、耳を澄ませば逃れ去る。

道化《トリックスター》が大きな島を釣り上げたのだと声たちは言う。釣り上げなければいけないという。どうすれば釣り上げられるのかと問う。こうして釣り上げるのだと叫ぶ。

海流に妨げられた奥の奥、誰も知らない島を見たと声は歌う。彼らはそこから来たのだという。彼女たちはそこで生まれたのだという。誰もまだ辿りついていないが故に、始原はそこにあるのだという。誰もまだ知らないが故に、誰もが明らかに知るのだという。

波には、もう彼の忘れてしまった言葉も混じり続ける。それは彼らが数万年前に道を分かった同胞たちの声であり、今はまだマレー半島と呼ばれていない空白から、海を目指しつつある人々の声だ。数万年後にその地へ辿りつく者たちの声だ。あるいは遥かな以前に星から飛来し、大洋の中心に沈んだ巨大な蛸《たこ》の、人を欺く呼び声だ。それは悲鳴で歓声で、産声であり断末魔だ。言葉の意味はもうとれないが、今も何かが消え去り現れ続けているのだと、波の運んだ声は告げる。波音に混じる奇妙な女の歌声へ耳を澄ませる。いつか歌に誘われ歌が途切れて、並んだ幹の間から怯えた顔でこちらを見ていた不思議な女。あの女は誰なのだろうと、かれは秘かに考えている。それが自分が移動し続けようとする理由だったらと畏《おそ》れている。

彼は既に何千代目かの彼で居続けている。

VII

顔の裂かれた肖像を過ぎ、導かれた図書室には、ただ一冊の本だけがある。それはオウィディウス『変身物語』のラテン語版であるはずだとわたしは思う。松ノ枝の幼少期から、ここには一冊の書物しか置かれていない。松ノ枝はここで、祖父から多くの話を聞いて育った。彼が夢想家気味に育ったのは、この祖父の影響が強かったらしい。

松ノ枝がせがむと、祖父は彼の手を引いてこの図書室へやってきた。棚から一冊だけの本を取り出し、松ノ枝を膝へと乗せる。

「どの本が良い」

祖父は訊ねて、松ノ枝は勝手なタイトルを口にしてみる。おうおうそうかと祖父は応じて、そのお話を語り出す。どんな本を望もうと祖父は躊躇いもせずに読みはじめる。子供心に奇妙だなとは考えたが、じきにお話に夢中となってそんな細部は忘れてしまった。祖父はどこかの頁を開いたきりで、頁を送ろうともしないことに気がついたのは随分あとの出来事になる。

松ノ枝の祖父は非識字者だった。ラテン語どころか、自分の語る英語も読めなかったということだ。

そんなことには頓着せずに、松ノ枝の祖父は無数の本を自在に読み出していた。実際に読んでいるという証拠としては、図書室の『変身物語』なしには、祖父はあやふやにしか語れなかった。そういうことはあるのだと、松ノ枝は記す。のちには彼も、そうした種類の厄介な読み手となったから。もっとも彼の会得したのは、祖父とはまた異なる読み方だった。

松ノ枝は『変身物語』を読むために、独自の言語を生み出した。読み出すたびに独自の言語を工夫した。ラテン語の意味にはこだわらず、ただ自由に読み進める方法を独自に編んだ。ただし祖父とは異なり、同じ形をした単語は同じものとして扱うという規則は課した。固有名詞は接続詞と解釈されることもあったし、代名詞はしばらく定冠詞なのだと思われていた。動詞は登場人物となり、格変化は登場人物の感情の表出となった。

「わたしはそうして本の読み方を知った」

『松ノ枝の記』にはそう記されている。

「後悔は全くしていない」

と続く。

松ノ枝の姉を名乗る人物が、図書室の広い机に分厚いノートを一冊広げ、ペンとインクを横に並べる。わたしが覗き込むのを待って、ペンを紙面に走らせていく。一本の線が伸びたところで急に腕が震え出し、混乱した線が先から溢れる。落書きのように跳ね、文字の体はなしていない。筆圧は弱く微かだ。

「これがわたしの筆跡」

と彼女は傍らに立つわたしを見上げるが、わたしは紙面を見つめたままだ。暫く検討の時間を置いて、わたしは呟く。

「書痙《しょけい》」

彼女は頷く。

「痛みを伴うと聞いたことが」

ええ、と矢張り彼女は涼しい顔で頷く。書痙は書字障害の一形態だ。普段の生活では何ともないのに、文字を書こうとすると腕が勝手に痙攣《けいれん》をはじめ、ときに疼痛《とうつう》を伴い激しい苦痛を書き手に与える。原因は未だ不明のままだ。文字を書こうとする際に発現する症状なので、脳の高次機能に関係するだろうということくらいしかわかっていない。彼女は静かにペンを置き、

「でも、これではわたしが弟ではないという証拠にはならないでしょう。わたしが書痙の症状を真似しているということだってありうる」

「そこまでは疑いませんし、腕の痙攣は不随意運動に見えました」

「薬品を使うという手もあります」

わたしとしてもそこまでは疑っていないと繰り返す。これで松ノ枝からの手紙の書き手が彼女だったという可能性は消えたことになる。すると矢張り、わたしをここへ呼び寄せたのは彼自身ということになりそうで、彼女はただの中継役であるにすぎない。彼女が松ノ枝の五冊目を隠匿している可能性は残るし、彼自身をわたしの目から

隠そうとしている疑惑はまだ残るわけだが。そんなわたしの思考を読み取って、彼女は続ける。

「ではこれを」

彼女の顔から表情が消え、腕の力がかくりと抜ける。ペンを摘まんだだけの手が糸に吊られるようにゆっくり上がり、糸は切れ、インク壺へと落下する。玩具のクレーンじみた動きでペンを引き上げ、ペン先が揺れつつ紙面に触れる。

筆跡が滑らかに流れ出すのを、彼女は無表情に眺め続ける。


「ようこそ。君はそこにいることと思う。事情は彼女から聞き知っている。もっともそれはとても奇妙なことなのだが。わたしにとって、彼女はわたしのお話に登場する人物《キャラクター》の一人にすぎない。彼女が本当に彼女なのかも、わたしは知らない。大変不本意なことではあるが、当座のところわたしのことは霊のようなものと考えてもらえると良い。わざわざ御足労頂き感謝している。こんな手段を採らざるをえなかったことについては、わたしも遺憾に思っている。君が今、楽しんでくれているか、驚いてくれているかすると嬉しい。もっともわたしにそれを確認する確固たる手段はないわけだが。君には良い知らせが一つと、面倒な知らせが一つある。良い知らせというのは、これは全く無駄足ではなく、君は白紙を読むために呼ばれたわけではないということだ。君はこのわたしを五冊目として読みにきたのだ。ただ真実を伝えても、君は全く信じることができなかったはずだ。こうして実際に見てみるまではね。またいつもの賑やかしかと考えて、ただ翻訳をしたはずだ。勿論このわたしとしても、そんなお話を書くことはできる。わたしが事情を説明し、君がそれを作り事だと考えて、翻訳をはじめるようなお話をだ。君が実際ここにやってきて、今この光景を見ているのだというようなお話をね。それが当初わたしの考えた五冊目の原稿になるはずだった。しかし書き進めるうちに、何かが違うと気がついたのだ。たとえばわたしがロケットについて記すとしよう。君はロケットなんてものを信じるかね。巨大な円筒を積み重ねた形をしており、ほとんど馬鹿げた大きさを持ち、末端から炎を吹きだし、空へ向かって飛んでいく。そんなものを勝手に書くことは可能だ。しかし、君はそれを記された文字だけから信じることができるだろうか。君がロケットについての記述を受け入れるのは、実際にその光景を見たことがあるからではないのか。わたしはロケットを実見しており、君はそれを見ていないとしてみよう。そんな場合に、一体どうやってロケットについて書けるというのか。書く意味があるというのか。ロケットについて書こうとするなら、君にもロケットについてあらかじめ知っておいてもらう必要がある。実際に見てもらう必要がある。話はまずそこからだ。そうでなければわたしが何を書いているのか、理解してはもらえないから。面倒な知らせというのはこうだ。わたしはひどく混乱している。様々なことがわかるにつれて、混乱はどんどん増してきている。わたしは今、どうしてこの文章を書いているのかがわからない。理解はしている。しかしとても馬鹿げたことだと思う。わたしが今置かれている状況はとても奇妙だ。何故なら彼女は、わたしが書くお話の、登場人物であるはずだからだ。急いでつけ加えておくならば、わたしは君を、わたしのお話の登場人物なのだとは思っていない。君にとっては、わたしが彼女の描き出す登場人物のように見えているだろうことも承知している。その見解を受け入れるのは困難だったが。しかしそれはどんな事態だ。わたしはそれを理解しようと試みてきた。わたしは自分の書くお話の登場人物から、自分がどんな状態にあるのかを知らされている。しかしどうして、そんなものを信用することができる。彼女はわたしの書いたお話だ。それならば、彼女が語る内容は、わたしの知っている事柄のはずだ。無論、違う。わたしの中にはわたしの知らない不随意運動が多く存在しており、周囲の環境の変化から新たな知識を得ることもできる。自分が書き記すものだって、新たな環境の一部であるには違いない。それは認める。彼女がわたしの知らない知識を持っていても不思議はない。不思議はないとわかってはいる。わたしは今、何を書いている。小説の登場人物に唆《そそのか》されて、自分のお話の中の自分の相互翻訳者が本当にやってきた場合に、語るはずの内容を書いている。わたしに君の姿は見えない。これは徒労か。徒労ではないと今図書室で傍らに立つ彼女はわたしを励ます。わたしと呼ばれる主人公をこの屋敷へ導いた彼女はそう言う。これはわたしに必要な過程なのだと。しかし彼女はわたしが記す人物だ。しつこくなるのでもうこれ以上は繰返さないが、わたしにとって、彼女は登場人物なのだ。わたしは君がそうして存在していることを確かに理解していると思う。古代の人物たちが存在していると知っているのと同じやり方で。存在するはずなので、確かにいるのだと理解している。そうでなければ様々辻褄があわないからだ。その意味で、彼女は確かに人物だが、わたしにとって君はまだ人物ではない。祖父があり、そのまた祖父が存在していたには違いない以上、そのまた祖父も、その祖父も存在していただろうという形で知っている。彼らはどこかに存在していた。ただし記録は存在しない。証拠さえもほとんどない。どこの誰かは全く知られず、どんな容姿をしていたのかもわからない。生活様式についても想像を絶する。わたしはそれを考えられない。ただ存在していたことだけが確かに知れる。今わたしは島にいる。空間的に隔てられただけの島でなく、時間的にも隔絶された島にある。意味はわかってもらえると思う。人類はかつて、アフリカの地に生まれ、それから世界中に拡散した。太平洋の島々にさえ。だがそれから何が起こった。それから数万年を経た探検隊は、彼らは常に自分がようやく到達した地に、「見知らぬ人々」を見出し続けた。これはおかしい。人間が宇宙の始原以前からずっと存在していたのでないのなら、起源は確かに存在したのだ。そうであるなら、「見知らぬ人々」が「常に」先にいることなどは起こらない。「誰か」は「未踏の地」へ達したはずだ。必然的にそれは起こった。では、なにゆえに、「見知らぬ人々」は存在したのか。巨大な忘却が起こったからだ。自分たちの子孫がどこへ行ったか、自分たちの祖先はどこにいたのか、わたしたちは忘れてしまう。旅を忘れることにより。旅を停止することにより。そこには時間的な島が浮かぶ。たとえ空間的には繋がっていても、相互の交流が絶たれてしまえば島と同じだ。その断絶は一息に起こる。数万年を一息と呼ぶことが許されるなら。大航海時代の探検家たちが、「見知らぬ人々」を見出したのは滑稽だ。彼らはそれをただ忘れていただけにすぎないのに、発見を称したのだから。勿論彼らに対して同情するべき余地は多くある。進化論が登場するのは彼らの生きた時代のずっとあとだし、アフリカ単一起源説が登場するのは更にのちの出来事だからだ。しかしわたしたちは知っているのだ。今想像される過去が、かつて考えられていた過去とは全く違ったものだったのだと。かつての人々が想定した起源と、わたしたちの想定する起源は異なっている。起源そのものが違うと言って良い程に。わたしは君を忘却しているのだと思う。忘れたからといって存在していないというわけではない。わたしは君がそこにいると信じている。しかしわたしが何を望んでいるかは、まだ不明瞭なままに留まっている。わたしは激しく混乱している。わたしはこれまでどおりに書き続けることができるだろう。彼女がもたらす君からの手紙にしか見えない手紙に、今までどおりに返事を書き続けることもできる。しかしわたしは何かを変えるつもりになった。わたしは君が、今君であるようなものだと理解をしたから。である以上、わたしは違ったものを書きはじめるべきだと思う。べきだというこことはわかるが、何をすれば良いかはまだわからない。変化したのはわたしの理解で、世界の方ではないからだ。実際にわたしに可能な行動は一切何も変わっていない。これから先に変わるだろうという見込みも少ない。わたしが書き記す内容は変化していくことだろう。しかし文字が変わるわけではない。相も変わらず、妙なお話を書いているということになるだけの話だ。それについては諦めている。君にしても、この経験を得たからといって、今までと違うことができるのだとは考えられない。ではわたしは何を望んでいるのか。わたしは、わたしの望みを、君がわたしに代わって理解してくれるだろうと期待している。より正確には、こうして出来上がりつつあるわたしたちの五冊目の本を読んだ人々が、理解してくれるのではと期待している。その内容は、君にもわたしにもきっと知られることがない。何故かと言ってその内容とは、翻訳の狭間に勝手に忍び込むものだろうから。それはわたしたちには見えないものだ。とても奇妙なやり方でしか書くことのできない、とても奇妙な存在がこの世にはあるとわたしは思うし、君も同意してくれると思う。わたしは既にこうして五冊目の原型を保持しているがそれを伝達する方法として、こんな手段しか思いつくことができなかった。無事に伝わってくれればと思う。君がそれを無事翻訳してくれることを祈っている。その意味で書き手はわたしたちではありえない。わたしたちと読み手の間に生じる何かが、書き手と呼ばれることになるだろうから。考えてみればそれは当然のことに思える。書物は物だ。鏃や石斧と何の異なるところもない。しかし何かを書く方法はあるのだと思う。実際わたしはこう書けるのだ。真正の真実として、こう書くことができるのだ」

彼女は静かにペンを倒して、わたしは硬直していた関節を伸ばす。腕の時計を確認すると、既に二時間程が経過している。彼女は目を見開いて、自分が記した文章を眺め続ける。いつの間にか乱れた髪がうなじで跳ねる。わたしは何か言葉を吐き出しかけて、それを呑み込む。何度か同じ試みをして、嗄《か》れた喉からようやく単語を一つ吐き出す。

「自動書記《オートマティスム》」

彼女の首が古びた歯車のような音を立ててこちらへ回り、虚ろな瞳がわたしを映し出している。

「いえ」

と一言が発せられると同時に、瞳に光が戻りはじめる。彼女は右手で無造作に髪を掻き上げる。無意識的な動作と見えたが、こめかみの上、指の幅二本ほどの位置に一ドル硬貨ほどの引き攣《つ》れた傷跡が姿を現す。

「昔、一人の男がいました」

彼女は空でそう読み上げる。

「第二次世界大戦で弾丸を頭に受けた彼は、危ういところで命をとりとめます。しかし彼には様々なことがわからなくなる。あらゆるものはばらばらとなり、視野の半分を認識できなくなり、細かなものはわかるのに、全体像はまとめられない。知り合いの顔もわからず、何かを思い出すこともできない。それでも彼は努力の末に、書く能力を取り戻します。しかし自分が何を書いているのかは理解できない。更なる努力を続けることで、彼は読む能力の一部を取り戻します。そうして自分が自分の過去の思考を、自分でも知らないままに書きつけていたことを知る。彼は自分の書いた文章を読み解くことで、自分の過去をわずかなりとも取り戻していく」

わたしは自分の記憶を探り、一つの単語を摑み出す。

「ザゼツキー症例」

「ええ」

彼女の唇は笑みの形を微かに浮かべ、何かが笑う。

「彼は、登場人物なのです」

Ⅷ

一九四三年三月二日、スモレンスクの戦いで当時二十三歳のザゼツキーは死を迎える。そこで一度死んだのだと、彼は理解することになる。弾丸の破片は彼の大脳を深く傷つけ、彼は認知機能を統合する術を失う。実直な技術者を目指していた男は死に、自分が誰かもわからない男が突然生まれる。字の書き方や読み方を、彼は子供のように習得し直す。彼の手はやがて過去の記憶を綴りはじめて、彼はそこから自分の過去を読み出しはじめる。それは確かに想起なのだが、彼にその実感は伴わない。

「ザゼツキー症例」

とわたしは尋ね、彼女はそれを肯定する。

彼女は二十歳より前の記憶を持たない。自分が一体何に巻き込まれたかも不明のままだ。頭へ入った弾丸は、彼女を二人の子供へ切り裂いた。一人が半人ずつとなり、暗闇の中で展開し続け二人が生まれた。脳の損傷の程度は、ザゼツキーの症例よりは軽いものであったらしい。彼女は以前の記憶を失ったが、割合容易に新たな知識を蓄え直すことができたから。最初は自分が誰なのかも、物の名前もわからなかったが、やがて自分の名前を覚え、過去を聞かされ、それが自分の過去なのだろうと理解する。自分の身に起こったらしいことを理解し、文字の読み方も覚え直した。しかし文字を書こうとすると、激しい痙攣が腕を襲った。

自分がどうして何かを書きはじめたのか、自分でもわからないと彼女は言う。あるときふと書けると感じ、書かなければと考えた。何を書けば良いのかはわからなかったが、ペンを握ると勝手に腕が動きはじめた。彼女に自分が何かを考えているという感覚はなかったが、そこに現れ出たのは、彼女の幼い日々の光景だった。自分ではもう思い出せない、彼女がそう暮らしていたと周囲の人々から教えられた光景であり、誰も教えてくれなかった風景だった。

ただし、彼女のいるべき場所には、一人の少年が登場していた。どうしてなのかと不審に感じはしたものの、手は彼女の自由にならず、好きにお話を語り続けた。

松ノ枝の初期短篇小説は、かつて彼女を膝に乗せた祖父が、一冊の本から勝手に読み出したお話だという。少なくとも、お話の中の彼はそう主張した。

彼女の手が紡ぐお話の中の彼は図書室に一人で座り、かつて祖父から聞いたお話を、次々筆の誘うまま、紙の上へと書きつけ続けた。「わたし」はそんなお話を書き続けた。性別が異なる以外、「わたし」はまるで他人から聞いた彼女そのままだった。彼女はそれを自分自身の記憶と認めることを決め、見知らぬ過去を受け入れだしたが、自分の頭のどこかの彼には当然不気味さを感じてもいた。自分の腕が勝手に書いたお話を眺める間、彼はただの登場人物として現れる。しかしそれが「わたし」となって自分の頭にいると考え出すと、ひどく頭が痛みはじめた。

彼の記憶の中に彼女はいない。彼は彼女の位置を占めているから当然ともいえ、しかし自分の瞳の色が急に変わってしまったような気持ちになった。

その頃既に松ノ枝の一族は島を出ており、亜大陸の親族の元での療養を終えて戻った彼女には、島に残され朽ちかけた屋敷の相続権が残されていた。彼女は懐かしいはずの光景の中を散歩しながらそこで新たな暮らしをはじめ、一向に過去が取り戻されてこないことに落胆し、同時に安堵の気持ちを抱いた。

彼女は手との折り合いをつけ、小説の書き手として身を立てはじめる。それはたしかに彼女の記憶であるはずだったが、見知らぬ記憶はただの小説にしか思えなかった。自分の手が書いた小説から生計を得るのはごく当然のことに思えた。自分の手が蔓《つる》を握ると、勝手に籠を編みはじめるのに気がついたのもその頃だという。彼女の手は、彼女の忘れた手技を記憶していた。それはおそらく、かつての彼女が将来の旅立ちに備えて蓄えた知識だろうと思われた。

彼女は伝統工芸品に関する書物を集めだし、それを自室に蓄えはじめる。

手の生み出す工芸品が、書物に影響されていくのにやがて気がつく。手は、古代の工芸品をどうやら好むらしかった。ふと目を止めた古代の道具が、自分の手の中から蘇るのを、彼女は黙って眺めていた。近代の道具は登場せずに、ごく素朴な斧や鏃やナイフの類を、手はひたすらに作り続けた。爪が割れ、皮膚が裂けるのにも構わずに。もっとも手が古代の加工を好むのは、産業革命以降の工芸品には道具も複雑な原材料も必要であり、単にそんな準備がなかっただけとも言えそうだった。鉄材を精錬するのに必要な技術を彼女は知らず、知っていてもつくることなどできなかっただろうと思った。加工にほんのささやかな道具と手近な材料しか要らないものを、彼女の手は作り続ける。その豊饒さに目を眩ませる。

勿論注目するべきは、作品の質朴さではなく、新たに得た知識が腕に伝わっていることだった。彼が彼女に気がついたのはこの頃だ。先に気づいたのは彼だったという。彼はそんなお話を書き彼女に問うた。

「お前は誰か」と。

彼は自分の保持する知識が、自分の知らない方法により増えているのに気がついた。すなわちそこには誰かがいるのだ。こうして彼の書くお話には、彼女の姿が登場してくる。ただしそれは光景ではない。ただ彼女の手が記す文章であるにすぎない。彼は自分が図書室にいるお話を書き、自分が読む文章について書き出し、それを彼女の手が書いた。手は彼女が図書室に座る時にのみお話を書いた。その内容を彼と彼女が本物の通信なのだと受けとめるまでには、長い時間が必要だった。

自分を登場人物とするお話を書き、その中にまたお話が現れる。お話の中のお話を通信文と考えるには、常識をどこかへよけておく必要がある。彼は自分の正気を疑い続けた。しかし自分の記す内容が、自分の知らない知識であるのも明らかだった。彼女は自分自身の手が、つまりは彼が書き出す文章を読み、自分からも通信を試みようと考えた。だがしかし、どのようにして。彼女は自分の意志では文字を書き出せないのだ。手紙や書類を書きたいときには、近所の青年に駄賃を与え、代書を頼んだ。様々試してみたものの、代書は彼に届かない。彼には文字や無意識的な記憶を通じてしか繋がらないのに、彼女の書いた文章は、彼の元まで到達できない。口頭で述べた文章を他人の手で書き記しても、彼女の体は彼女の文章を記憶していて、彼に伝達するべき新たな知識とみなすことはないようだった。

その癖、彼の書いた文章は、彼女を通じて彼に通じるようであり、なんとも不公平なことだと思えた。彼には、今の彼女の考えたものではない文章しか届かない。これが他人の文章ならば、いくらでも偽装は可能だが、自分の書いた文章を、自分のものではないと考えるのは困難だ。

弾丸は、一人の彼女を半分ずつの彼女と彼とに引き裂いた。読む能力を彼女へと、書く能力を彼へと分けた。奥底で二人は繋がっている様子だったが、深奥へ意識的に触れる手段は共になかった。弾丸が分け隔てたのは人格ではない。ただの機能だ。

そこにのこのこ現れたのが、このわたしだということになる。正確にはわたしの手紙が届きはじめた。

「その日、いつものように図書室へ入ったわたしは、机の上に一通の手紙があるのに気がついた」

彼女の手は、そう記し出す。それは彼の最新作を翻訳したいという申し出であり、彼はそれを面白いと思う。日本語はよく読めないが、内容は概ね合うようであり、明らかな読み間違いが不思議な形に曲がっていって、彼の予期せぬ方角へと展開していた。彼女は日本語を読めなかったが、彼には読めた。いつか中国へ行こうと考え、漢字をひたすら覚えた時期があったし、ついでとばかり、日本語の文法書に取り組んだ時期もあったのだと彼は語った。あとは得意の何でも読み下してしまう能力に任せれば良い。状況証拠から考えるなら、日本語を理解するのが彼であっても、読んでいるのは矢張り彼女なのだろうと思う。弾丸は、彼女の読む能力も引き裂いた。彼女は日本語の意味を自分が読み取っていると知る術を失っている。体は意味を知っており、彼には伝わる。

そこからわたしたちが何をしたかは、既に記してきたとおりだ。

彼女は自分の秘書として働き続ける。送られてきた校正刷りを目の前に、赤ペンが勝手に走るのを見る。

彼はそんなお話を書く。

彼はそんなお話を書くことにより、彼女の暮らす世界について一歩一歩理解していく。彼女との対話をお話として記しながら。自分が彼女の脳機能の一部なのだと理解していく男のお話を書き記す。彼女の脳機能にすぎない自分を閉じ込めた殻の外側に、まだ外側があるのを知る。自分の正気を疑いながら。そうしたものが存在すると確信していく。

わたしの前で、彼女の腕が踊り出す。

「彼は、そんな形でしか書き記せない存在だ。彼は登場人物でさえない。登場させる方法がない以上はそうなる。彼は存在していた人物である。かつて確かに存在していて、その他のことは知られていない。存在を証明することは容易《たやす》いのだが、名前もわからず、容姿も知れない。ほぼ間違いなく、ひたすらに歩き、漕ぎ続けたのだと思われる。誰かと一緒に。少なくとも一人の誰か彼女と共に。おそらく多分大勢で。そうでなければ様々辻褄が食い違うから。彼がどこかにいたという証明はひどく単純であり、証明なのだと改めて気がつく暇さえ必要ない。君には当然、父がある。祖父があり、曾祖父があり、高祖父がある。たとえ曾々祖父の顔を知らなくとも、彼が存在したのは確実だ。あまりに当然すぎるおかげで、一体どこが不思議なのかが見えにくい。それでも確実に不思議は潜む。君には一人の父があり、二人の祖父がいるはずである。四人の曾祖父があった道理で、八人の高祖父がいたわけだ。直感的には奇妙極まる。こうして倍々に増え続けるなら、ほんの百代ほどを遡り、10^{30}人ほどの祖先があった計算となる。百穣人ということだから、地上にかつて存在し、これから先に存在するはずの人間を足し合せても到底及ばぬ数字となる。おかしいな、と君は思う。無論、君の何代か前のどれかの父祖は、また遥かな父祖のどれかと同一人物であったという結論となる。兎も角、そんな人物はいたはずだ。いなければ君は存在できない。わたしはそんな人物について、こうして書き記そうと試みている。だがどうやって。ここに一つ線があり、右と左を区分する。また一本線を引き、上と下とを区切って分ける。次に斜めに線を引き、また新たな殻をつくり出す。わたしの選択が順当ならば、その区枠には、誰か屹度《きっと》該当する人間がある。男である。一本の線。十数万年前に存在した人物。一本の線。今ここへ到達しようとしている人物。一本の線。過剰な限定は、区枠の中に存在できる人間の数を零にしてしまう。右目の下に黒子《ほくろ》があった人物とすると、枠は急速に狭まってしまう。ただ一人の人物を限定することができれば、それは一人の人物となる。しかしそれは期待できない。だから彼は人物でさえない。わたしが彼に親近感を抱く理由は明らかだろう。わたしは今ではわたし自身が、そんな存在なのではないかと考えている。考えているというのは本当だろうか。自分が得た記憶もない知識をこうして記すわたしであるのに。そう、彼は存在したのだ。ホモ・サピエンスに目撃された最後のホモ・ネアンデルターレンシスは確実に存在したのと同じに。この文章の意味はほとんど不明だ。そんな人物は、ただいたに違いないとしか言いようがない。その事実は、当人たちにさえ知られない。今自分が見ているものが、ホモ・サピエンスによって最後に目撃されたホモ・ネアンデルターレンシスなのだと確認する方法はないからだ」

彼女が再びペンを持ち上げ、手首をほぐし、彼を振り払うように何度も振る。

これは、と尋ねるわたしに、

「今、彼が取り組んでいる、五冊目についての話でしょうね」

「彼は集合的無意識とかそんなものに接続していると思われますか」

「いいえ」

と彼女は短く強く否定する。

「彼は、昔のわたしが望んだ、夢見がちな記憶なのだと思います。何かを作り出そうとする記憶。彼はただのお話ですよ。自分を主人公としてお話を書き続ける種類のお話」

「充分興味深いお話だと思いますよ」

「だから、彼があなたを呼び寄せるのを、わたしは邪魔しなかったのです。でも」

彼女は一つ大きく息を吸い込み、

「あなたたちは真実だけを書くわけではない。真実だけを書くわけではないのに、真実よりも大きなものを書けるわけでもない。どうしてですか」

IX

わたしはもう随分長い時間を、この浜辺で待ち続けている。どれほどこうして待っているのか、もう自分でもわからなくなってしまったほどに。幾つもの春が巡り、冬が巡り、秋が巡り、夏が巡る。雲は刹那の裡に過ぎ空は渦巻き、傍らでは同じ琥珀がいつまでも燃え続けている。波は時間を忘れたように静かだ。多くの動物が泳ぎ着き、土着の生き物を駆逐していくのを見る。様々な貝の破片が、船の残骸が流れ着くのを見ている。河口に溜まる砂が海へと手を伸ばしていくのを見ている。砂州が川を二つに分けるのを見る。海面が徐々に水位を上げて、地峡を水底へ沈めるのを見る。大雨が降り、偉大な種族の最後の一人が死んだと告げる。

その日、強い風が吹き、島の松が一斉に東を向く。

眠るような海面を、一人の男が滑るようにやってくる。脚を動かすこともなく、海面に直立したまま進んでくる。彼はまっすぐ浜へと上がり、迷いもせずにわたしの前へやってくる。

「ここにも既に人がいましたか」

もう忘れられた言葉で彼は言う。落胆を隠す様子もなく。違うのだとわたしは言う。わたしは未来からやってきたのだ。だから君は正真正銘、この島への一番乗りを果たした人間だ。君が一番乗りの人間であることを確認するために、わたしはずっとここで君を待っていたのだ。

とどめを刺すかね、とわたしは尋ねる。君が今ここでわたしを殺し、遺骸をどこかに埋めてしまえば、誰にもわかりようなどはない。わたしはここでずっと一人で過ごしてきたし、それを知る者も存在しない。君がそれさえ忘れてしまえば、君が真実真正の、最初の一人ということになる。

「そんなことは望まない」

と彼はそっぽを向いて言う。

「そんなものは求めていない」

しかし君はもうすでに、そうしているのさ。わたしはもうとっくの未来に死んでいるのだ。わたしは伸びっぱなしになっている髪を掻き分け、こめかみの上の傷跡をみせる。彼が息を飲むのが聞こえる。君のつけた傷だと告げる。

わかるかね、とわたしは尋ねる。

「わかる」

と彼は短く答え、

「務めは果たそう」

と眉を顰《ひそ》める。

わたしは君の遥かな未来の姿であるので、一番乗りをしたのは矢張り君自身だとも言えるのだ。

「何か騙《だま》されている気がするね」

仏頂面で彼は言う。君はこれからどうするのかね、とわたしは尋ねる。

「またどこかへ行けば良いだけの話だ。誰もいないところまでね」

それは良い、とわたしは言う。それはとても良い考えだ。わたしもついて行っても構わないかね。もし君が良いと言うとしてだが。無論、ただでとは言わない。わたしは君が追い求めているものについての情報を提供することができる。

「俺は何も求めていない」

彼は不意に全身から怒りを発する。全身の毛が素敵に電気を帯びたように逆立つ。そうかね。君の祖先が垣間見、君を駆り立てている女についてだ。これからわたしは君に理解できないことを言う。聞き流してもらって構わない。彼女はホモ・サピエンスに目撃された、最後のホモ・ネアンデルターレンシスだ。君は滅びたものを追い求めている。

「信じない」

彼は手刀で空を切り裂き、自分の理解を越えた言葉を意味を越えて否定する。

賭けるかね。

「賭けるさ」

良いだろう。ではわたしはその意気を買うことにする。無論この世にはわたしの知らないことが多くある。膨大にある。ほとんど全ての事柄をわたしは知らない。まだ知られていない事柄は、当然事実へと変貌しうる。

聞いているかね、とわたしは尋ねる。彼が不審げな顔を向けるのを無視して、巨大な殻へ向けてそう尋ねる。

わたしの声は届いているかね。

X

切っ掛けはわたしが旅先で見かけた本にあり、『松ノ枝の記』は彼の最初の長篇小説だ。タイムマシンが出て来るような荒唐無稽なお話であり、その点がまずわたしの興味を惹いた。

今ではそれが本当はどんなお話だったのか、前よりも良くわかるようになった気がする。本当にと言うことが何かの意味でできるのならだが。兎も角も随分と違ったものを読んでいたのだと思うとおかしい。別にこれはわたしの語学能力の前進を意味していない。

「そうしたものだ」

と、わたしとの筆談を繰り返した彼は最後に答えた。いっそ訳し直そうかとも申し出たが、彼女の手は丁重に断りを述べた。時間が勿体《もったい》ないと言う。些細な修正を施しながら結局全てを書き直す羽目に陥るよりも最初から新たに書けと言う。そもそも、どうとでも読めるものが正しいのだと彼は言う。その程度のことで、書かれたものは揺らいだりしない。

今わたしの頭の中には、彼の五冊目がゆっくり展開しつつある。こうして面倒な過程を経て、それはようやく手渡された。正しいものが手渡されたか、気にしてみても仕方がない。確認する方法などはないのだから。その程度のことで、こうして書き込まれたものは揺らいだりしない。ただ、それをどう読んだものかを考えている。彼が翻訳することになるはずのわたしの原稿についてもなんとか目星をつけ終えて、渡し方を考えている。今回は先手を取られる形となったが、後出しする形となるからその分有利だ。何か、彼が予期せぬ伝達手段を、屹度思いつけると思う。

帰国したわたしのもとへ届いた彼女の手紙は、急いだ方が良いと促す。細かに震える大きな文字がそこには並ぶ。彼女は道具を工夫しはじめたという。一見ギプスにみえるような木製の拘束具を作ったのだということだ。腕を固めて震えを抑え、関節の動きを制限する。こうして手紙を書いてみた、と記されている。

その道具をつくったのが彼女の手の意思によるものなのか、彼女自身の発案なのかは、本人にもよくわからない。でも、彼からの贈り物だと考えたいと彼女は言う。

彼は、小説を書き出したらしい。少なくともそう宣言をした。彼はもう、図書室に籠り何かを書きつけていく自分の姿を描写しない。

彼は出て行こうとしているのではないか、と手紙は述べて、その証拠に少しずつ、自分の記憶が思い出されてきた気がするという。わたしにまだ彼が翻訳するはずの五冊目を書く気があるなら、急いだ方が良いだろうという。あまり時間がかかりすぎると、その翻訳をするのは彼女ということになるかも知れない。

勿論、楽観はしていないという。ザゼツキーの症例は、脳の損傷からの回復がいかに難しいかを物語っている。それでもやれることはしてみたいと彼女は記す。

わたしは回復の兆しへ素直に喜びの手紙を返し、近いうちにまた訪れたいと加えた。

わたしの記憶の中の風景には、べた凪《なぎ》の海が広がり、その海面には一人の男が直立している。彼は、自分が彼女の脳機能の一部であると、遂に自力で考えついたような男だ。そんな男が、自分が存在することで彼女の機能を奪ったままでいることに、我慢ができるとは考えられない。当然彼は、出て行こうとするだろう。その場所を彼女に明け渡そうと試みるだろう。どうやってかは知らないが、いつか方法をみつけるだろうと、これは根拠のない確信に属する。

海面に佇《たたず》む嶮しい顔には、実は弾けるような笑みが隠されている。冗談を本気で行うものは、自分から笑い出すことは許されない。冗談が大きければ大きい程。

そうだろう。

彼は終始、自分は混乱していると惚《とぼ》けてみせたが、五冊目を巡る彼の行動は、今ではこうとしか考えられない。こう考えるのが一番素直だ。

彼はわたしに別れを告げようとした。自分からやってくることはできないから、仕方なしにわたしの方を呼び寄せた。一時の共同作業者の前に、お話の中だけではなく、せめて一度は実際に姿を現すために。

まだまだ平気にいくらでも、わたしに新作を送り続けることができただろう彼が、自分自身を五冊目として読み取らせたのはそんな理由だ。彼は一人で出て行こうとしている。殻の向こうへ。

それでもまだ多少の猶予はあるはずだ。別に彼は全能ではなく、雲に乗って四海を渡る菩薩でもなく、海に迷う一人の男だ。かつて湾の横断を試み、何度も溺れかけていたように、しばらくは何度も溺れ続けるだろう。

その秘密を明かしたことで、彼がわたしに助けを求めたとは考えていない。たとえわたしが手助けを申し出ようと、嫌な顔しかしなかったと思う。でもだからこそ、わたしはそれを試みるだろう。わたし自身の五冊目として。わたしたちはそんな二人だ。

彼が呆れ顔で笑ってくれたなら、それ以上の僥倖《ぎょうこう》はない。

わたしは沖へ漕ぎ出す男の背へ向け、大きく手を振る。

浜を上って屋敷へ戻り門を過ぎる。頭を垂れて低く唸るエレモテリウムの傍らを過ぎ、陳列棚に無造作に放置されたままの石斧を拾う。屋敷で夕食の準備をしている姿の見えない者たちに、さあ行こうかと呼びかける。見えない彼や彼女らは一瞬あっけにとられた顔をして、それから揃って静かに頷き、慌ただしく旅の準備をはじめる。

騒ぎを尻目に踵《きびす》を返し、屋敷を回って林へ入る。自分の船に用いるための丸太を調達するために。松の幹へ"CROATOAN"と刻むべきかと一瞬浮かぶがやめにしておく。

人気の絶えた屋敷の図書室では、ペンが一人でノートの上を踊り続ける。くるりと輪を描き、またもう一つ輪を描いて文字を繋ぐ。文字と文字とを繋いだ線は引き延ばされて、やがてただの模様へ変わる。線は撥ね、跳び、撓《たわ》み、一息に伸びる。ペンは気儘に歌いはじめる。おずおずと音符を記し、やがてただの音楽となる。

ヒト属の最初の言葉は歌だった。

扉が内へと静かに開き、開け放たれた窓から白いカーテンが暗い室内へ向けて大きく膨らむ。彼女がそこに姿を現す。ペンは瞬時躊躇ったのち、悪戯を目撃された子供よろしく、くるくる回って倒れ伏す。

彼女はその文面を一瞥し、そこに記されたままを口ずさむ。耳を澄まし、反響する自分の声を聞く。静かな波の音が室内を満たす。旋律の一つを慎重に拾う。音の粗密は椅子に凝《こご》って祖父の姿を編み上げる。その傍らに、また手製の船を失ったばかりの少女時代の彼女が立つ。唇を固く引き結び、祖父へ取りすがろうとして、全身ずぶ濡れの服に気づきあとじさる。

「来なさい」

そう祖父の口が形をつくり、机の上の本を閉じ、座ったままで両手を広げる。塩辛い液体が祖父の服へと染みを広げる。

「また行くのは、服が乾いてからでも遅くない」

祖父は、少女の髪を犬の子にするように掻きまわしつつ、傍らに立つ彼女へ向けて目で笑う。

彼女は祖父に微笑みかける。

「追いかけるんだね」

彼女は頷く。

そうしてペンを拾い上げ、固く締め上げられた腕をゆっくりと、一筆一筆動かしはじめる。

解説

鴻巣友季子

わたしは表題作の「道化師の蝶」を読んだときも、「松ノ枝の記」を読んだときも、これは翻訳文学に大きな挑戦状を突きつけられたと思い、非常にうれしくなった。妙にうきうきした。

だから、いつの日か円城さんに翻訳のことをお聞きしたいと思っていたが、先日、それが実現した。それは、ふたりで同じ原文を翻訳してコメントを述べ合うという形式の対談で、翻訳を理論で語るのではなく、実践を通して語る。原文があるために、ふだん意識していない各人の文章作法なども可視化されてくる。

この対談のために円城さんが選んだ原文というのが、これまた衝撃だった。ある日本古典文学の英訳だったからだ。つまり、ふたりで「戻り訳」(ある言語の原文を他言語に翻訳したものをまた元の言語に訳し戻すこと）を行ったのである。これは、「松ノ枝の記」に登場するふたりの翻訳者になったみたいで、楽しすぎる！　と、わたしはまた心躍らせた。そしてとんでもない迷宮にはまりこむのだが、その話の顚末は別の機会に譲る。

ふつうは表題作から解説するものだと思うが、行きがかり上、「松ノ枝の記」に先に言及させていただく。

「わたし」と「松ノ枝」という国籍不明の翻訳者が、たがいの作品を翻訳するという話である。「わたし」の創作言語は日本語のように思えるが（だって、この作品自体が日本語で書かれているから）、それで油断してはならない。「わたし」のオリジナル作品も、翻訳作品も、直接引用されているわけではないのだし、さらに用心すれば、もしかしたら「わたし」はエストニア語の使用者で、もともとエストニア語で書かれたテキストを円城塔という作家が日本語に翻訳した、という設定かもしれない。翻訳という変換装置を使ったそういう文学作品は、セルバンテスの「ドン・キホーテ」以来、最近でも、インドラ・シンハの『アニマルズ・ピープル』とか、J・M・クッツエーの『イエスの幼子時代』とか、たくさんあるのだから。

要は、「松ノ枝の記」を読むという行為は、そういう解釈の根源的な不安定さの上に成り立っている。

「松ノ枝」氏の創作言語は英語（Branches of the Pine などと原題が出てくるので）と見てよさそうだが、念のため、「わたし」の創作言語をアーとし、相手の創作言語をベーとする。**以下、作品のプロットに言及するので注意してください。**


一冊目は、たがいに自伝的要素の強い小説を訳しあった（「わたし」はそれに「松ノ枝の記」という訳題をつけた）。

二冊目は、たがいに短篇をいくつか選んで訳しあって編み上げた（「わたし」は各編の登場人物たちが一人の人物に見えるように訳し変えた）。

三冊目で、箍《たが》が緩んだ。相手がベー語に翻訳したのは、わたしがベー語からアー語に翻訳した「松ノ枝の記」であり、わたしがアー語に訳したのは、相手がアー語からベー語に訳したわたしの小説だったからだ。要するに、自分の作品の翻訳の「戻り訳」を行ったのだ。

四冊目では、以下のようなことが起きる。

彼の作の翻訳版を先に書こうと考えた。隠されていた原稿の翻訳として。そんなものは翻訳ではない。その通り。しかし彼があとから翻訳元の「原本」を、わたしの「翻訳版」から訳し直せば良いだけだろうと開き直った。外面的には、翻訳版の先行発表というだけになる。

しかし、という逆接はここにも矢張り登場しない。彼の方でも当然顔に、存在しないわたしの作の翻訳版を勝手に書いて提出したから。好事家にはとっくに知られている裏話だが、その年はじめのわたしの新刊は、実は彼の作からの翻訳である。翻訳の方が創作で、創作の方が翻訳という捩《ねじ》れが生じた。

原作と翻訳と翻案の境目が見えなくなったり、なにがオリジナルで、なにが翻訳や翻案だかわからなくなっていったりする点では、「翻訳（を扱った）文学」の金字塔たる、イタロ・カルヴィーノの『冬の夜ひとりの旅人が』はひとまず思い浮かべるべきだろう。

この小説では、イタリア語の「冬の夜ひとりの旅人が」という作中作が、バザクバルという作家によるポーランド語の「マルボルクの住居の外で」と入れ替わり、実はアフティによるチンメリア語の「切り立つ崖から身を乗り出して」だと判明し、いやいや、それは実のところ……などと言っていたら、怪しい翻訳者が出てきて各国語の翻訳書に見せかけているとか、盗作が絡んでいるといった話になり、事態はすてきな混迷を極めるのだ。

あるいは、「松ノ枝の記」の翌年に出た小説だが、いとうせいこうの『存在しない小説』にも、この種のトリックがある。とくに第四編の「能楽堂まで」では、原作がないのに翻訳が出来してしまう。作中、ヴァルター・ベンヤミンの翻訳論を下敷きにしたくだりがあり、「松ノ枝の記」を解釈する上でも有用なので引いておく。

「作品のなかに囚われているものを改作(言語置換)のなかで解放することが、翻訳者の使命にほかならない」

ならば、翻訳作業と創作は、結局は本質的に同じものではないか?


書くというのはなにかを翻訳することだし、読むことも、もちろん翻訳であると同時に、書きなおし=創作である。だから、「松ノ枝」の「祖父」がオウィディウスのラテン語から「読み出した」ものは、創作であり、翻訳であり、読んだものだと言っていい。ちなみに、現実と虚構の境も同じようなものだ。

ふたりの五冊目は、案の定というべきか、「まだこの世に存在しない小説」または「書きえないもの」であるようだ。例えば、エンリーケ＝ビラ・マタスの『バートルビーと仲間たち』には「永遠に書かれないが存在している小説」が山ほど出てくるのだから、驚いてはいけない。

「わたし」は「松ノ枝の姉」と、自伝的小説のどこまでが事実で、それがどこまで翻訳と翻訳の「戻り訳」に反映されているのか議論する。原文Aと翻訳A'が「等価」であるという幻想に則《のっと》るなら、A'を訳し戻したA''と元のAは等しくなるはずである。これを恒等写像（完全変換）で表したのが一一三ページの数式のくだり。

あなたの読み方や翻訳をfとして、弟の読み方をgとすれば、$A'=f(A)$で、$A''=gf(A)$になる。$A=g(A)$は成り立つと思う。

実際には、アーとベー、ベーとアーの「隙間」で、「わたし」が何かを足し引きし、彼が何かを差し挟み、何かを消去することもできたろう。

物語は松ノ枝家の屋敷において、さらに「原文と翻訳」の隙間をぐりぐりと広げたり、それを無きもののように縫い約《つづ》めたりしながら刺激的に展開する。

その挿話のひとつが、前述したオウィディウスのラテン語版『変身物語』を祖父に読んでもらったという話。彼が希望のタイトルを言えば、その本からはいくらでもお話が「読み出されて」きた。しかも祖父は非識字者だった……。

さらに、「松ノ枝」と「姉」の関係の真相（原文）は明るみに出るにつれ、読み解きがたい、翻訳しがたいものになっていく。彼は彼女に訊く。「お前は誰か」。

ここで、わたしは自分が「お前は誰か」と訊かれている気になる。

わたしも円城塔の登場人物のひとりなのかもしれない。

■

さて、ある意味、創作と翻訳をめぐる小説、わたしに言わせれば「蝶に姿を変えた翻訳小説」である「道化師の蝶」の解説に移ろう。

まず、読者はこのタイトルを見た瞬間、そこにウラジーミル・ナボコフの刻印を見てとるだろう。ナボコフといえば、稀代の蝶マニアとして有名だし、自伝的遺作は *Look at the Harlequins!*（「道化師をごらん！」）という。さらに、「道化師の蝶」に登場する作家の名前が「友幸友幸《ともゆきともゆき》」なのだから、疑いようがないぐらいナボコフ・テイストが濃厚である。ナボコフは反復名が好きで、「ロリータ」のハンバート・ハンバートはよく知られているが、くだんの *Look at the Harlequins!* の語り手／主人公の作家はVadim Vadimovitchというのだ。

また、よく見ると、作中にナボコフの居住地も出てくるし、おやおや、ご本人もご著書を持って登場しているではないか。アルレキヌス・アルレキヌスなる蝶のスケッチが添えられ、ヴェラへと宛名書きのあるあの本。

「道化師の蝶」は芥川賞受賞後、「一貫した筋がない」「各章のつながりがばらばら」といった評がよく出たが、それはまったくの思い違いだ。というのは、この文庫を手にしている読者はよくご存じだろう。確かに、章によって語り手が交替したり、作中作が入ったり、時空があちこちに飛んだり、時間はどうやら円環したりするが（時間については後述）、各章のつながりはむしろ非常に周密で、そこが本作を読む醍醐味でもある。もちろん、筋もきっちりとある。ただし多様な連繫の仕方、多様な解釈をゆるす、ひと筋縄ではいかない、とびきり創造的な、再創造可能な小説だということだ。

翻訳をあやかしの装置として利用し、つぎの著作「松ノ枝の記」にも続く言葉と文字の起源とは何か、といった創作の本質的問題にも踏みこむ。

当然ながら、誰が書き手で誰が作中人物か、その解釈もひと通りではないだろう。「松ノ枝の記」に、「わたし」が書くいろいろな小説を説明するこんな箇所がある。

文法が段々消えていく話や、文法が新たに加わっていく話を書いた。**男だと思っていたのが女であって、実はやっぱり男であったとか、「わたし」の語が登場するたび、いちいち違う人間であるような話を書いた。**

太字の部分については、うっかりすると、ああ、これは「道化師の蝶」のことだな、つまり「道化師の蝶」はそのように解釈していいのだと思ってしまいそうだが、もちろん、ミスリードというか、「道化師の蝶」をそんな作品だと思っている人がいますよね？　という、円城さんからの悪戯な目配せであろう。

「道化師の蝶」は作中作を入れこむという形をとっている上、その文章の怪しげな翻訳が介在しているせいもあり、また、『腕が三本ある人への打ち明け話』という書物の不可解さもあって、複雑味のある重層的な味わいになっているのだけれど、固定観念にさえ捕らわれずに読めば、「なにがなんだかわからなくなる」こともないはずだ。

■

主な登場人物は、現地の手芸の習得を通して数十の言語を身につけ執筆する「友幸友幸」という名の作家と、彼を追跡する任務に就き、「無活用ラテン語」で書かれた彼の作品を訳したり偽装翻訳したりする「わたし」。また、友幸友幸の作とされる『猫の下で読むに限る』に出てくるのは、空中に浮遊する人間の着想を捉えることで財をなした実業家A・A・エイブラムス。

構成について言えば、「友幸友幸の文章の『わたし』による翻訳」（一章）、「わたしの語り」（二章、四章）、「友幸友幸の語り」（三章、五章）と、叙述形態によってシンプルに分類することもできるだろう。ただし最後の第五章は展開が「!?」なので分類不可能とも言える。

性別に関して言えば、人物たちが男に見えたり女に見えたりするのは、なにもトランスジェンダーではなく（いや、そのように読むのも自由だが）、虚構内のナラティヴの操作と考えても面白いだろう。作中の大きな結節点となっている『猫の下で読むに限る』に書かれた飛行機中のエピソードは、友幸友幸が傍聞きしたものを元に書きなおした、とも読めるから、書き手が虚構化する際に性別を反転させたと取ることもできる。友幸友幸も、「わたし」には「彼」と呼ばれているが、女かもしれないのだ。

時間について言えば、ねじれの支点になっているのは、このシアトル—東京（または反転して東京—シアトル）間のフライトのようだ。エイブラムスと思しき女性と、隣席の女性がなにやら会話を交わしている。これを耳に入れた友幸友幸の頭から「虹色をした蝶」が機内へ舞い出る。女エイブラムスが骨董屋で入手した銀線細工の捕虫網を取りだしたのを見た友幸友幸は、それが「わたしが将来編むことになる網だと気づく」。自分が忘れてしまったその未来の網を「どこかの過去の人物が」「拾い上げ、骨董屋に持ち込むのだとわかる」。一方、女エイブラムスはすでに七色の蝶を過去に捕まえており、隣席の女性の話を聞きながら、「以前どこかでそんな話を読んだな」と感じ、「そのお話を思い出す」。
こう考えてみると、作中の時間は円環しているのではないか。いつの間にか元にもどり同じ時間をぐるぐる回っているようだ。

■

最後に、蝶は放たれて羽ばたき、雄と巡りあって卵を産む——思い切って約めれば、これは着想という蝶と、それを捕える捕虫網をめぐる物語、と言えるかもしれない。着想というひらひらと飛んで捕まえどころのない蝶と、それを瞬間的な言葉への翻訳によって捉えようとする人々。conceptionをめぐる物語と言ってもいいかもしれない。コンセプションには「着想」と「受胎」という意味があるが、本作で蝶はまさに人の頭の中に入りこんで卵をうみつける。

または、蝶のように「ひるがえる」翻訳という営みと成り立ちそのものを小説化した小説という言い方もできるかもしれない。そう、蝶に姿を変えた「翻訳小説」である。

さらに言えば、なぜ人はものを書くのか？　と問う小説でもある。着想は言語化されたとたん人を動かす。人は言葉に身体を乗っ取られるように書かされる。作中の数十の言語を操る作家は、自分の考えてもいないことを書かせた「さてこそ以上」という言葉の働きを不思議に思い、同時に首をひねり魅了される。

友幸友幸が知らない土地で、初めに地元の刺繍を習い、「そこへ課される拘束を、わたしは体に入れ」ながら言語を身につけると言うのも、「台所と辞書はどこか似ている」と言って、言語運用を料理になぞらえるのも興味深い。友幸友幸にとって、書くことは抽象的な思考や精神活動というより、まず「手技」なのだ。人類が数千年前に文字を刻みつけた時のように、明確な、鮮明な身体性を伴うもののようだ。文中に「手芸を読めます」という一文があって、わたしははっとしたが、本作では、手芸の能力＝リテラシーを意味するのだろう。ものを編む・縫う行為と言葉を重ねあわせて描いた点では、またもや「松ノ枝の記」とも相通じる。某女性は失われた記憶を、手を通じてとりもどしていく。そして、「手の生み出す工芸品が、書物に影響されていくのにやがて気がつく」という一節にも呼応するだろう。

■

「あらかじめ全ての言語を知る生き物があり、使用に応じて都度都度、言語の細部を思い出していくような手触りがある」と表したくだりがある。友幸友幸はたくさんの言語を操るけれど、そうしながら、言葉の欠片を継ぎあわせ、もともとあった巨大な一言語へと成長させる、いや、還元していっているような気すらする。まさにベンヤミンの翻訳観を想起させ、わたしはまたまたこれを翻訳文学への痛快な挑戦状と感じて、胸ときめくのである。

この作品は、二〇一二年一月に小社より刊行されたものです。

|著者|円城 塔　1972年北海道生まれ。東北大学理学部物理学科卒業。東京大学大学院総合文化研究科博士課程修了。2007年「オブ・ザ・ベースボール」で文學界新人賞受賞。'10年『烏有此譚』で野間文芸新人賞、'11年、早稲田大学坪内逍遙大賞奨励賞、'12年「道化師の蝶」(本書表題作)で芥川賞、'14年『Self-Reference ENGINE』でフィリップ・K・ディック記念賞特別賞をそれぞれ受賞。

道化師《どうけし》の蝶《ちょう》

円城《えんじょう》 塔《とう》

2015年1月15日第1刷発行
2024年6月11日第6刷発行

講談社文庫
定価はカバーに
表示してあります

KODANSHA

発行者――森田浩章
発行所――株式会社　講談社
東京都文京区音羽2-12-21　〒112-8001
電話　出版 (03) 5395-3510
　　　販売 (03) 5395-5817
　　　業務 (03) 5395-3615

デザイン―菊地信義
製版―――TOPPAN株式会社
印刷―――株式会社KPSプロダクツ
製本―――株式会社KPSプロダクツ

Printed in Japan

ISBN978-4-06-293007-9

講談社文庫刊行の辞

二十一世紀の到来を目睫に望みながら、われわれはいま、人類史上かつて例を見ない巨大な転換期をむかえようとしている。

世界も、日本も、激動の予兆に対する期待とおののきを内に蔵して、未知の時代に歩み入ろうとしている。このときにあたり、創業の人野間清治の「ナショナル・エデュケイター」への志を現代に甦らせようと意図して、われわれはここに古今の文芸作品はいうまでもなく、ひろく人文・社会・自然の諸科学から東西の名著を網羅する、新しい綜合文庫の発刊を決意した。

激動の転換期はまた断絶の時代である。われわれは戦後二十五年間の出版文化のありかたへの深い反省をこめて、この断絶の時代にあえて人間的な持続を求めようとする。いたずらに浮薄な商業主義のあだ花を追い求めることなく、長期にわたって良書に生命をあたえようとつとめるところにしか、今後の出版文化の真の繁栄はあり得ないと信じるからである。

同時にわれわれはこの綜合文庫の刊行を通じて、人文・社会・自然の諸科学が、結局人間の学にほかならないことを立証しようと願っている。かつて知識とは、「汝自身を知る」ことにつきていた。現代社会の瑣末な情報の氾濫のなかから、力強い知識の源泉を掘り起し、技術文明のただなかに、生きた人間の姿を復活させること。それこそわれわれの切なる希求である。

われわれは権威に盲従せず、俗流に媚びることなく、渾然一体となって日本の「草の根」をかたちづくる若く新しい世代の人々に、心をこめてこの新しい綜合文庫をおくり届けたい。それは知識の泉であるとともに感受性のふるさとであり、もっとも有機的に組織され、社会に開かれた万人のための大学をめざしている。大方の支援と協力を衷心より切望してやまない。

一九七一年七月

野間省一

江上 剛 東京タワーが見えますか。
江上 剛 慟哭の家
江上 剛 家電の神様
江上 剛 ラストチャンス 再生請負人
江上 剛 ラストチャンス 参謀のホテル
江上 剛 一緒にお墓に入ろう
江國香織 真昼なのに昏《くら》い部屋
江國香織他 100万分の1回のねこ
円城 塔 道化師の蝶
江原啓之 スピリチュアルな人生に目覚めるために〈心に「人生の地図」を持つ〉
江原啓之 トラウマ あなたが生まれてきた理由
円堂豆子 杜《もり》ノ国の神隠し
円堂豆子 杜ノ国の囁《ささや》く神
NHKメルトダウン取材班 福島第一原発事故の「真実」〈ドキュメント編〉
NHKメルトダウン取材班 福島第一原発事故の「真実」〈検証編〉
大江健三郎 新しい人よ眼ざめよ
大江健三郎 取り替え子《チェンジリング》
大江健三郎 晩年様式集《イン・レイト・スタイル》
小田 実 何でも見てやろう

沖 守弘 マザー・テレサ〈あふれる愛〉
岡嶋二人 解決まではあと6人〈5W1H殺人事件〉
岡嶋二人 99％の誘拐
岡嶋二人 クラインの壺
岡嶋二人 ダブル・プロット
岡嶋二人 新装版 焦茶色のパステル
岡嶋二人 チョコレートゲーム 新装版
岡嶋二人 そして扉が閉ざされた〈新装版〉
太田蘭三 殺《さつ》・風《よう》景《けい》〈警視庁北多摩署特捜本部〉
大前研一 企業参謀 正・続
大前研一 やりたいことは全部やれ！
大前研一 考える技術
大沢在昌 野獣駆けろ
大沢在昌 相続人TOMOKO
大沢在昌 ウォームハート コールドボディ
大沢在昌 アルバイト探偵《アイ》
大沢在昌 調毒師を捜せ アルバイト探偵《アイ》
大沢在昌 女王陛下のアルバイト探偵《アイ》
大沢在昌 不思議の国のアルバイト探偵《アイ》

大沢在昌 拷問遊園地 アルバイト探偵《アイ》
大沢在昌 帰ってきたアルバイト探偵《アイ》
大沢在昌 雪蛍
大沢在昌 夢の島
大沢在昌 新装版 氷の森
大沢在昌 暗黒旅人
大沢在昌 新装版 走らなあかん、夜明けまで
大沢在昌 新装版 涙はふくな、凍るまで
大沢在昌 語りつづけろ、届くまで
大沢在昌 罪深き海辺 (上)(下)
大沢在昌 やぶへび
大沢在昌 海と月の迷路 (上)(下)
大沢在昌 鏡の顔〈傑作ハードボイルド小説集〉
大沢在昌 覆面作家
大沢在昌 ザ・ジョーカー 新装版
大沢在昌 亡命者〈ザ・ジョーカー 新装版〉
大沢在昌／藤田宜永／堂場瞬一／井上夢人／今野敏／月村了衛／東山彰良 激動 東京五輪1964
逢坂 剛 十字路に立つ女
逢坂 剛 奔流恐るるにたらず〈重蔵始末(八)完結篇〉

講談社文庫　目録

逢坂　剛　新装版カディスの赤い星(上)(下)
オノ・ヨーコ　飯村隆彦 編　ただの私《あたし》
オノ・ヨーコ　南風　椎 訳　グレープフルーツ・ジュース
折原　一　倒錯の帰結
折原　一　倒錯のロンド〈完成版〉
小川洋子　ブラフマンの埋葬
小川洋子　最果てアーケード
小川洋子　琥珀のまたたき
小川洋子　密やかな結晶〈新装版〉
乙川優三郎　霧の橋
乙川優三郎　喜知次
乙川優三郎　蔓の端々
乙川優三郎　夜の小紋
恩田　陸　三月は深き紅の淵を
恩田　陸　麦の海に沈む果実
恩田　陸　黒と茶の幻想(上)(下)
恩田　陸　黄昏の百合の骨
恩田　陸　薔薇のなかの蛇
恩田　陸　『恐怖の報酬』日記〈酩酊混乱紀行〉

恩田　陸　きのうの世界(上)(下)
恩田　陸　七月に流れる花／八月は冷たい城
奥田英朗　新装版ウランバーナの森
奥田英朗　最悪
奥田英朗　マドンナ
奥田英朗　ガール
奥田英朗　サウスバウンド
奥田英朗　オリンピックの身代金(上)(下)
奥田英朗　ヴァラエティ
奥田英朗　邪魔(上)(下)〈新装版〉
乙武洋匡　五体不満足〈完全版〉
大崎善生　聖《さとし》の青春
大崎善生　将棋の子
小川恭一　江戸の旗本事典〈歴史・時代小説ファン必携〉
奥泉　光　プラトン学園
奥泉　光　シューマンの指
奥泉　光　ビビビ・ビ・バップ
折原みと　制服のころ、君に恋した。
折原みと　時《とき》の輝き

折原みと　幸福のパズル
大城立裕　小説 琉球処分(上)(下)
太田尚樹　満州裏史〈甘粕正彦と岸信介が背負ったもの〉
太田尚樹　世紀の愚行〈太平洋戦争・日米開戦前夜〉
大島真寿実　ふじこさん
大泉康雄　あさま山荘銃撃戦の深層(上)(下)
大山淳子　猫弁〈天才百瀬とやっかいな依頼人たち〉
大山淳子　猫弁と透明人間
大山淳子　猫弁と指輪物語
大山淳子　猫弁と少女探偵
大山淳子　猫弁と魔女裁判
大山淳子　猫弁と星の王子
大山淳子　猫弁と鉄の女
大山淳子　猫弁と幽霊屋敷
大山淳子　雪猫
大山淳子　猫は抱くもの
大山淳子　イーヨくんの結婚生活
大倉崇裕　小鳥を愛した容疑者
大倉崇裕　蜂に魅《ひ》かれた容疑者〈警視庁いきもの係〉

2024年3月15日現在